NAS ARQUIBANCADAS

JOHN GRISHAM

NAS ARQUIBANCADAS

Tradução de
Aulyde Soares Rodrigues

Rocco

Título original
BLEACHERS

Direitos mundiais para a língua portuguesa
reservados com exclusividade à
EDITORA ROCCO LTDA.
Rua Rodrigo Silva, 26 – 4º andar
20011-040 – Rio de Janeiro – RJ
Tel.: (21) 2507-2000 – Fax: (21) 2507-2244
rocco@rocco.com.br
www.rocco.com.br

Printed in Brazil/Impresso no Brasil

preparação de originais
EBRÉIA DE CASTRO ALVES

consultoria esportiva
BERNARDO DE ARAÚJO

CIP-Brasil. Catalogação-na-fonte.
Sindicato Nacional dos Editores de Livros, RJ.

G888a
Grisham, John, 1955-
Nas arquibancadas/John Grisham; tradução de Aulyde Soares Rodrigues. – Rio de Janeiro: Rocco, 2004.

Tradução de: Bleachers
ISBN 85-325-1717-X

1. Ficção americana. I. Rodrigues, Aulyde Soares. II. Título.

04-0817
CDD – 813
CDU – 821.111 (73)-3

Para
Ty e para os garotos maravilhosos
com quem ele jogou futebol no colégio,
seu soberbo treinador
e as lembranças de dois títulos estaduais

Terça-feira

A estrada para Rake Field passava ao lado do colégio, pelo velho salão da banda e pelas quadras de tênis, atravessava um túnel de duas fileiras perfeitas de bordos vermelhos e amarelos, plantados e pagos pelos torcedores, depois percorria uma pequena colina para uma área mais abaixo, coberta de asfalto, com espaço suficiente para mil carros. A estrada parava na frente de um portão imenso de tijolos e ferro, que anunciava a presença do Rake Field e além do portão havia uma cerca de malha metálica que circundava o solo sagrado. Nas noites de sexta-feira, toda a cidade de Messina esperava o portão abrir e então corria para as arquibancadas, onde os lugares eram disputados e os rituais que precediam o jogo executados. A estrada de asfalto negro em volta de Rake Field se enchia de gente muito antes do pontapé inicial, desviando o tráfego de fora da cidade para as estradas de terra, vielas e distantes zonas de estacionamento atrás da lanchonete do colégio e do campo de beisebol. Os que torciam contra passavam realmente maus momentos em Messina, mas não tanto quanto os times adversários.

Na estrada para Rake Field, Neely Crenshaw dirigia devagar porque há muitos anos não ia a Messina e porque quando viu as luzes do campo, as lembranças voltaram num turbilhão, como ele sabia que aconteceria. Passou pelos bordos vermelhos e amarelos, brilhantes com sua folhagem de outono. Seus troncos tinham trinta centímetros de espessura nos dias de glória de Neely e agora os galhos se tocavam acima dele e as folhas caíam como neve, cobrindo a estrada para Rake Field.

Era o fim de uma tarde de outubro e um vento suave soprava do norte, resfriando o ar.

Parou o carro perto do portão e olhou para o campo. Todos os movimentos eram lentos agora, todos os pensamentos carregados com os sons e imagens de outra vida. Quando ele jogava, o campo não tinha nome, não precisava. Todos em Messina o conheciam simplesmente como o Campo. "Os meninos estão no Campo desde cedo", diziam nos cafés no centro da cidade. "A que horas vamos limpar o Campo?" perguntavam no Rotary Clube. "Rake diz que precisamos de novas arquibancadas no Campo, para os visitantes", diziam nas reuniões com os torcedores e patrocinadores. "Rake levou eles no Campo tarde da noite", diziam nos bares ao norte da cidade.

Nenhum pedaço de terra em Messina era mais reverenciado do que o Campo. Nem mesmo o cemitério.

Depois que Rake saiu, eles deram seu nome ao campo. Nessa época, Neely já tinha deixado Messina há anos, e não tinha planos de voltar à cidade.

Por que voltava agora, Neely não tinha certeza, mas no fundo de sua alma sempre soube que esse dia chegaria, o dia que ele seria chamado de volta a Messina. Sempre soube que algum dia Rake teria de morrer e, é claro, haveria um funeral com centenas de antigos jogadores amontoados em volta do caixão, todos com o uniforme verde dos Spartans, todos lamentando a perda de uma lenda que eles amavam e odiavam. Mas Neely tinha dito a si mesmo muitas vezes que nunca voltaria ao Campo enquanto Rake estivesse vivo.

A distância, atrás das arquibancadas dos visitantes, ficavam os dois campos de treino, um deles iluminado. Nenhum outro colégio no estado tinha esse luxo, mas nenhuma outra cidade adorava seu futebol tão completa e coletivamente como Messina. Neely podia ouvir o apito de um treinador, os baques surdos e os resmungos quando os corpos se chocavam no último treino do time dos Spartans, preparando-se para a noite de sexta-feira. Ele passou a pé pelo portão e atravessou a pista pintada de verde-escuro, é claro.

A grama no fim do campo era aparada, preparada para os chutes, mas havia alguns brotos de ervas daninhas em um canto, e agora, ao prestar atenção, Neely viu mato não arrancado na beirada da pista. Nos dias gloriosos, dezenas de voluntários se reuniam todas as quintas-feiras à tarde para limpar o Campo com tesouras de jardim, cortando qualquer haste estranha de grama.

Os dias de glória iam longe. Acabaram quando Rake saiu. Agora o futebol de Messina era jogado por simples mortais e a cidade perdera a arrogância.

O treinador Rake certa vez praguejou em voz alta para um cavalheiro bem-vestido que cometeu o pecado de pisar na sagrada grama do Campo. O cavalheiro recuou rapidamente, deu a volta pela linha de contorno e quando chegou mais perto, Rake viu que acabara de xingar o prefeito de Messina. O prefeito ficou ofendido. Rake não se importou. Ninguém pisava no seu Campo. O prefeito, não acostumado a ser xingado, iniciou uma ação malfadada para demitir Rake, que não deu a mínima. Os moradores locais derrotaram o prefeito na proporção de quatro contra um, assim que seu nome apareceu nas cédulas de voto nas eleições seguintes.

Naquele tempo, Eddie Rake tinha mais força política em Messina do que todos os políticos juntos, e não deu a menor atenção ao fato.

Neely ficou fora da marca do campo e andou lentamente para a arquibancada dos Spartans, então parou de repente e respirou fundo quando o nervosismo de momentos antes do jogo o assaltou violentamente. O rugido da multidão de muito tempo atrás voltou, com a banda no centro, tocando alto e repetindo sem cessar a canção de guerra dos Spartans. E fora da linha do campo, a poucos metros de onde estava, Neely podia ver o número 19 aquecendo-se nervosamente enquanto a multidão o adorava. O número 19 era um aluno do segundo grau, *all-American,** um *quarterback* muito cobiçado, com um braço de ouro, pés velozes, tamanho avantajado, talvez o maior que Messina jamais produziu.

O número 19 era Neely Crenshaw em outra vida.

Deu alguns passos ao longo da linha lateral, parou na altura da marca das cinqüenta jardas, de onde Rake tinha treinado centenas de jogos, e olhou outra vez para as arquibancadas silenciosas onde dez mil pessoas se reu-

---

**all-American* – esportista escolhido entre os melhores dos Estados Unidos. (N. da T.)

niam nas noites de sexta-feira para descarregar suas emoções no time de futebol do colégio.

Neely ouvira dizer que os espectadores eram agora a metade do que naquele tempo.

Quinze anos tinham passado desde que o número 19 emocionou tanta gente. Quinze anos desde que Neely tinha jogado naquele território sagrado.

Quantas vezes tinha prometido a si mesmo jamais fazer o que estava fazendo agora? Quantas vezes tinha jurado que jamais voltaria?

Num campo de treinamento distante um treinador tocava um apito e alguém estava gritando, mas Neely mal ouvia. O que ele ouvia eram os tambores da banda, a voz áspera e inesquecível do sr. Bo Michael falando no microfone para o público e o som ensurdecedor das arquibancadas com os torcedores pulando para cima e para baixo.

E ouvia Rake vociferando e rosnando, embora seu treinador raramente perdesse a calma no calor da batalha.

As animadoras de torcida estavam lá – pulando, cantando, saias curtas, colantes, pernas bronzeadas e firmes. Neely podia escolher qualquer uma naquele tempo.

Seus pais sentavam na frente da marca das quarenta jardas, na oitava fileira, abaixo do camarote da imprensa. Ele sempre acenava para a mãe antes do pontapé inicial. Ela passava a maior parte do jogo rezando, certa de que Neely ia quebrar o pescoço.

Os olheiros da faculdade recebiam passes para uma fila de cadeiras na frente da marca das cinqüenta jardas, lugar especial. Alguém contou trinta e oito observadores para o jogo Garnet Central, todos ali para ver o número 19. Mais de cem faculdades escreveram cartas. Seu pai ainda as guardava. Trinta e uma ofereceram bolsa de estudos total. Quando Neely escolheu a Tech houve uma entrevista coletiva e manchetes.

Havia dez mil lugares nas arquibancadas para uma cidade com uma população de oito mil pessoas. A matemática aparentemente não funcionava, mas pessoas vinham em bando do interior, onde não tinham nada para fazer nas noites de sexta-feira. Recebiam seus ordenados semanais e levavam cerveja quando iam à cidade, amontoavam-se nas arquibancadas, formando um grupo barulhento na extremidade norte do campo e faziam mais algazarra do que os estudantes, a banda e o pessoal da cidade juntos.

Quando ele era pequeno, seu pai o mantinha afastado da extremidade norte, "esse pessoal do interior". Lá todos bebiam, às vezes brigavam e usavam linguagem pesada contra os juízes. Alguns anos mais tarde, o número 19 adorava o barulho feito pelo pessoal do interior, e eles certamente o adoravam.

As arquibancadas estavam silenciosas agora, esperando. Ele continuou a andar lentamente por fora da linha que demarcava o campo, com as mãos nos bolsos, um herói esquecido cuja estrela tinha caído muito depressa. Fora o *quarterback* de Messina por três temporadas. Fizera mais de cem *touchdowns.** Ele jamais perdeu naquele campo. Lembrou dos jogos, tentando esquecer. Eram dias passados, ele pensou pela centésima vez. Há muito tempo.

Na extremidade sul os torcedores tinham construído

**touchdown* – jogada em que a bola é lançada ao solo atrás da linha do gol do adversário. Contagem de seis pontos por esse lance. (N. da T.)

um gigantesco marcador e em volta dele, em grandes cartazes com letras verdes enormes estava a história do futebol de Messina. E nela, a história da cidade. Invencível nas temporadas de 1960 e 1961, quando Rake não tinha ainda trinta anos. Então, em 1964, começou a chamada Maré de Sorte, com temporadas perfeitas pelo resto daquela década e na seguinte. Um mês depois do nascimento de Neely em 1970, Messina perdeu para South Wayne no campeonato estadual e acabou a tal maré. Com oitenta e quatro vitórias seguidas, recorde nacional naquele tempo, Eddie Rake, aos trinta e nove anos, era uma lenda.

O pai de Neely lhe contou da tristeza indizível que dominou a cidade depois daquela derrota. Como se oitenta e quatro vitórias seguidas não fossem suficientes. Foi um inverno horrível, mas Messina superou o pesar. Na temporada seguinte, os meninos de Rake fizeram 13-0 e massacraram South Wayne pelo título estadual. Outros campeonatos estaduais vieram a seguir em 74, 75 e 79.

Houve então a estiagem. De 1980 até 1987, ano em que Neely se formou. Messina passou vitoriosa por todas as temporadas, conquistando facilmente sua classificação, perdendo só nas finais estaduais. Houve descontentamento em Messina. Os torcedores nos cafés não estavam satisfeitos. Os veteranos ansiavam pela volta da Maré de Sorte. Um colégio da Califórnia venceu noventa jogos seguidos e toda a cidade de Messina se sentiu ofendida.

À esquerda do marcador, em cartazes verdes com letras brancas, estavam tributos aos maiores heróis de Messina. Sete números tinham sido retirados, sendo o 19, de Neely, o último. Ao lado dele estava o número 56,

Jesse Trapp, um *linebacker* que tinha jogado brevemente em Miami e depois foi para a prisão. Em 1974 Rake excluiu o número 81, usado por Roman Armstead, o único ex-jogador dos Spartans de Messina a disputar a Liga Nacional de Futebol.

Além da zona final na extremidade sul havia uma casa que qualquer pequena faculdade invejaria. Tinha sala de pesagem, armários e um vestiário para visitantes, com carpete e chuveiros. Também construída pelos torcedores depois de uma intensa campanha que durou todo o inverno e na qual toda a cidade tomou parte. Nenhuma despesa foi poupada, não quando se tratava do time de futebol Spartans de Messina. O treinador Rake queria sala de pesagem, armários e escritórios para os treinadores, o que fez com que os torcedores praticamente esquecessem do Natal.

Havia uma coisa diferente agora, uma coisa que Neely nunca tinha visto antes. Logo depois do portão que dava para o vestiário havia um monumento, uma base de tijolo e sobre ela um busto de bronze. Neely se aproximou para ver melhor. Era Rake, um Rake enorme, com rugas na testa e a carranca familiar em volta dos olhos, apenas com a sugestão de um sorriso. Estava com o mesmo boné velho de Messina que usava há décadas. Um Eddie Rake de bronze, com cinqüenta anos, não o velho de setenta. Debaixo do busto havia uma placa com uma narrativa elogiosa, incluindo os detalhes que quase todos os habitantes de Messina podiam citar de cor: trinta e quatro anos como treinador do Spartans, 418 vitórias, 62 derrotas, 13 títulos estaduais e de 1964 a 1970 várias vitórias seguidas, a famosa Maré de Sorte.

Era um altar e Neely podia ver os jogadores se curvando na frente dele quando entravam em campo, nas noites de sexta-feira.

O vento tomou força e espalhou folhas na frente de Neely. O treinamento acabou e os jogadores sujos e suados se encaminharam para o vestiário. Ele não queria ser visto, por isso foi direto para o portão. Subiu trinta filas e sentou sozinho na arquibancada, no alto, acima do Rake Field, com a vista do vale no leste. Campanários de igrejas erguiam-se a distância, acima das árvores douradas e vermelhas de Messina. O campanário na extremidade esquerda pertencia à igreja metodista, e um quarteirão atrás dela, invisível das arquibancadas, ficava a bela casa de dois andares que a cidade deu a Eddie Rake quando ele completou cinqüenta anos.

E naquela casa Lila, suas três filhas e todo o resto dos Rake estavam agora reunidos, esperando o último suspiro do treinador. Sem dúvida a casa estava cheia de amigos também; as bandejas de comida cobriam as mesas e havia flores por toda parte.

Algum antigo jogador estaria lá também? Neely achou que não.

O carro parou no estacionamento ao lado do de Neely. Esse torcedor vestia casaco e gravata e ao atravessar o campo, evitou também pisar na área de jogo. Viu Neely e subiu os degraus da arquibancada.

– Há quanto tempo está aqui? – ele perguntou, apertando a mão de Neely.

– Não muito – Neely disse. – Ele morreu?

– Não, ainda não.

Paul Curry apanhou quarenta e sete dos sessenta e três passes de *touchdown* lançados por Neely nos três anos em que jogaram juntos. De Crenshaw para Curry, vezes sem conta, praticamente invencíveis. Eram co-capitães do time. Amigos que se afastaram com o tempo. Ainda falavam ao telefone duas ou três vezes por ano. O avô de Paul tinha fundado o primeiro banco de Messina, portanto seu destino estava selado desde o nascimento. Ele se casou com uma jovem da cidade, de outra família preeminente. Neely foi padrinho e o casamento foi a última vez que voltou a Messina.

– Como vai a família? – Neely perguntou.

– Muito bem. Mona está grávida.

– É claro que está grávida. São cinco ou seis filhos?

– Só quatro.

Neely balançou a cabeça. Estavam sentados a um metro um do outro, olhando para longe, batendo papo, mas preocupados. Ouviram o barulho do vestiário quando os carros e as picapes começaram a sair.

– Como vai o time? – Neely perguntou.

– Nada mal, ganhou quatro, perdeu duas. O treinador é um jovem do Missouri. Eu gosto dele, mas não tem muito talento.

– Missouri?

– Isso mesmo, ninguém num raio de dois mil quilômetros quis aceitar o emprego.

Neely olhou para ele e disse:

– Você engordou um pouco.

– Sou banqueiro e rotariano, mas ainda posso correr mais rápido do que você. – Paul parou de falar de repente, arrependido da última frase. O joelho esquerdo de Neely era duas vezes maior do que o direito.

– Tenho certeza que pode. – Neely sorriu, nem um pouco ofendido.

Viram os últimos carros e picapes sair do vestiário, a maioria cantando pneus, ou pelo menos tentando. Uma pequena tradição espartana.

Então tudo ficou silencioso outra vez.

– Você vem aqui às vezes quando o lugar está vazio? – Neely perguntou.

– Antigamente eu vinha.

– E andava em volta do campo lembrando como era naquele tempo?

– Fiz isso até desistir. Acontece com todos nós.

– Esta é a primeira vez que volto aqui desde que excluíram meu número.

– E você não desistiu. Ainda está vivendo naquele tempo, ainda sonhando, ainda o *quarterback all-American*.

– Eu gostaria de nunca ter visto uma bola de futebol.

– Você não tinha escolha nesta cidade. Rake nos fazia vestir o uniforme quando ainda estávamos na sexta série. Quatro times: vermelho, azul, dourado e negro, lembra? Nenhum verde porque todos queriam usar uniforme verde. Jogávamos nas noites de terça-feira e atraíamos mais torcedores do que a maioria dos colégios. Aprendemos o mesmo jogo que Rake ensinava para a turma da noite de sexta-feira. O mesmo sistema. Sonhávamos em ser espartanos perante dez mil fanáticos. Na nona série o próprio Rake supervisionava nosso treino e sabíamos as quarenta jogadas que ele ensinava. Sabíamos até dormindo.

– Eu ainda sei – Neely disse.

– Eu também. Lembra da vez que ele nos fez correr

desviando de obstáculos para penetrar na abertura da direita durante duas horas?

– É, porque você estava sempre errando.

– Então corremos pelos degraus da arquibancada até vomitar.

– Esse era o Rake – Neely murmurou.

– Você conta os anos até conseguir entrar para o time principal e virar herói, ídolo, um desgraçado arrogante porque nesta cidade não se pode fazer nada errado. É vitória após vitória e então, puff, tudo acaba. Você joga sua última partida e todo o mundo chora. Você não pode acreditar que acabou. Então outro time vem logo atrás e você é esquecido.

– Faz tanto tempo...

– Quinze anos, amigo. Quando eu estava no segundo grau, passava as férias em casa e procurava ficar longe deste campo. Eu nem passava de carro pelo colégio. Nunca via Rake, nem queria ver. Então, numa noite de verão, um pouco antes de voltar para a faculdade, um mês mais ou menos antes de Rake ser despedido, comprei seis latas de cerveja, subi aqui e relembrei todos os jogos. Fiquei neste lugar durante horas. Podia nos ver lá no campo marcando pontos à vontade, dando lavadas em todos os adversários. Foi maravilhoso, mas aí senti uma dor insuportável porque tinha acabado. Nossos dias de glória foram-se de repente.

– Você odiou Rake nessa noite?

– Não. Eu o amei.

– Esta sensação muda todos os dias.

– Para quase todos nós.

– É doloroso agora?

– Não mais. Depois que casei, compramos entradas para a temporada, entramos para o clube dos torcedores, o que todo mundo faz. Com o tempo esqueci que era um herói e passei a ser apenas outro torcedor.

– Você assiste a todos os jogos?

Paul apontou para a esquerda.

– Claro. O banco tem um conjunto de assentos ali.

– Com sua família, você precisa de um conjunto inteiro.

– Mona é muito fértil.

– Evidentemente. Como ela está?

– Parece grávida.

– Quero dizer, você sabe, ela está em boa forma?

– Em outras palavras, ela está gorda?

– É isso.

– Não. Ela faz duas horas de ginástica por dia e só come alface. Está ótima e quer que você jante conosco hoje.

– Para comer alface?

– Para o que você quiser. Posso telefonar para ela e confirmar?

– Não, ainda não. Vamos apenas conversar.

Não disseram nada por longo tempo. Viram uma picape parar perto do portão. O motorista era um homem grande com jeans desbotadas, boné de zuarte, barba espessa e manco de uma perna. Ele fez a volta na zona final do campo e quando começou a subir os degraus viu Neely e Curry lá em cima, observando seus movimentos. Cumprimentou-os com uma inclinação da cabeça, subiu alguns degraus, sentou e olhou para o campo, muito quieto e muito só.

– É Orley Short – Paul disse, finalmente associando o nome ao rosto. – Final dos anos setenta.

– Lembro dele – Neely disse. – O mais lento *linebacker* da história.

– E o mais agressivo. Jogou um ano e depois saiu para abater árvores pelo resto da vida.

– Rake adorava os lenhadores, né?

– Nós todos adorávamos. Com quatro lenhadores na defesa o título era certo.

Outra picape parou ao lado da primeira, outro cavalheiro avantajado de macacão e camisa de zuarte subiu os degraus da arquibancada, cumprimentou Orley Short e sentou ao lado dele. O encontro não parecia ter sido planejado.

– Não me lembro dele – Paul disse, esforçando-se para identificar o homem e frustrado por não conseguir. Em três décadas e meia Eddie Rake tinha treinado centenas de homens de Messina e do condado. Muitos deles nunca foram embora. Os jogadores de Rake se conheciam. Eram membros de uma pequena fraternidade, agora fechada para sempre.

– Você devia voltar mais vezes – Paul disse, quando chegou a hora de falar outra vez.

– Por quê?

– O pessoal gostaria de ver você.

– Talvez eu não os queira ver.

– Por que não?

– Não sei.

– Você pensa que as pessoas daqui ainda estão ressentidas porque você não ganhou o Heisman?

– Não.

– Eles lembram muito bem de você, se bem que você faz parte do passado. É ainda o *all-American* deles, mas isso foi há muito tempo. Entre no Café Renfrow e verá que Maggie ainda tem aquela enorme foto sua, bem acima da máquina registradora. Eu tomo o café da manhã lá todas as quintas-feiras e mais cedo ou mais tarde dois veteranos começam a discutir sobre quem foi o maior *quarterback* de Messina, Neely Crenshaw ou Wally Webb. Webb jogou durante quatro anos, venceu quarenta e seis jogos seguidos e o jogo era mais rápido e mais bruto. Crenshaw foi para a Tech, mas Webb era muito pequeno para os grandes. Eles discutem o tempo todo. O pessoal ainda ama você, Neely.

– Muito obrigado, mas eu dispenso isso.

– Como quiser.

– Tudo aconteceu em outra vida.

– Ora, vamos, deixe disso. Aproveite as lembranças.

– Não posso. Rake está presente nelas.

– Então por que você está aqui?

– Não sei.

Um celular tocou em algum lugar do belo terno escuro de Paul. Ele o encontrou e disse: – Curry. – Uma pausa. – Estou no campo com Crenshaw. – Uma pausa. – Sim, ele está aqui. Eu juro. Tudo bem. – Paul fechou o telefone e o guardou no bolso.

– Era Silo – ele disse. – Eu falei que talvez você vá também.

Neely sorriu e balançou a cabeça pensando em Silo Mooney:

– Eu não o vejo desde a formatura.

– Ele não se formou, se é que está lembrado.

– Ah, é mesmo. Eu esqueci.

– Teve aquele pequeno problema com a polícia. Programa Quatro de substâncias controladas. O pai dele o expulsou de casa um mês antes da formatura.

– Agora me lembro.

– Ele morou algumas semanas no porão de Rake, depois se alistou no Exército.

– O que ele faz agora?

– Bem, digamos que está no meio de uma carreira muito animada. Foi exonerado do Exército desonrosamente, trabalhou por alguns anos numa plataforma marítima de petróleo, cansou do trabalho honesto e voltou para Messina, onde traficou drogas até alguém atirar nele.

– Suponho que a pessoa errou o tiro.

– Por uns dois centímetros. A partir daí Silo tentou andar na linha. Emprestei a ele cinco mil dólares para comprar a velha sapataria de Franklin e ele se instalou como empresário. Cortou os preços dos sapatos e ao mesmo tempo duplicou os ordenados dos empregados, foi à falência em um ano. Vendeu terrenos no cemitério, depois carros usados, depois casas pré-fabricadas. Eu o perdi de vista por algum tempo. Um dia ele entrou no banco e pagou tudo que devia, em dinheiro, e disse que finalmente tinha achado ouro.

– Em Messina?

– Isso mesmo. De algum modo ele tirou o velho Joslim do ferro-velho a leste da cidade. Construiu um depósito, na metade da frente funciona uma legítima oficina, que dá bastante dinheiro. Nos fundos, ele dirige uma oficina de desmonte, especializada em picapes. Uma verdadeira mina de ouro.

– Ele não te contou isso.

– Não, ele não mencionou a oficina de desmonte. Mas eu cuido da sua conta no banco e por aqui é difícil guardar segredos. Ele fez um trato com um bando de ladrões das Carolinas, de onde eles enviam picapes roubadas. Ele as desmonta e negocia as peças. Tudo em dinheiro, e evidentemente há bastante movimento.

– E os tiras?

– Ainda não apareceram, mas todo mundo que negocia com ele tem muito cuidado. Suponho que qualquer dia desses o FBI apareça com uma intimação, e tratei de me preparar para isso.

– Coisa mesmo do Silo – Neely disse.

– Ele está péssimo. Bebe demais, tem um monte de mulheres, distribui dinheiro por todo lado. Parece dez anos mais velho.

– Por que isso não me surpreende? Ele ainda briga?

– O tempo todo. Tenha cuidado com o que você vai dizer sobre Rake. Ninguém gosta tanto dele quanto Silo. Ele pode até perseguir você.

– Não se preocupe.

Como jogador de centro no ataque e na defesa, Silo Mooney dominava o meio de qualquer campo em que jogava. Tinha pouco menos de um metro e oitenta e três de altura com um físico que parecia... bem... parecia um silo. Tudo nele era grosso – o peito, a cintura, as pernas, os braços. Com Neely e Paul ele jogou durante três anos. Ao contrário dos outros dois, Silo cometia uma média de três faltas por jogo. Certa vez ele cometeu quatro, uma em cada tempo. Duas vezes foi expulso por dar um pontapé na virilha do adversário. Ele adorava a visão de sangue no pobre homem que ficava na sua frente. "Fiz o filho-da-puta sangrar", ele rosnava para seus companheiros, geralmente quase no fim do primeiro tempo. "Ele não vai agüentar até o fim do jogo."

– Vá em frente e mate o cara – Neely dizia, açulando um cachorro raivoso. Um jogador da linha de defesa a menos facilitava muito o trabalho de Neely.

Nenhum jogador de Messina foi xingado com tanta freqüência e entusiasmo pelo treinador Rake quanto Silo Mooney. Ninguém nunca mereceu tanto. Ninguém ansiava tanto pelo abuso verbal quanto Silo.

Na extremidade norte das arquibancadas, onde os barulhentos torcedores do interior antes faziam tanta algazarra, um homem mais velho subiu silenciosamente até a última fila e se sentou. Estava muito longe para ser reconhecido e certamente queria ficar sozinho. Olhou para o campo e logo se perdeu nas lembranças.

O primeiro corredor apareceu e começou a correr da direita para a esquerda na pista. Era a hora em que os que corriam e os que caminhavam apareciam no campo para dar algumas voltas. Rake jamais permitira essa bobagem, mas depois que ele foi despedido houve um movimento no sentido de abrir a pista às pessoas que pagavam por ela. Um funcionário da manutenção estava sempre por perto, certificando-se de que ninguém ousaria pisar na grama do Rake Field. Ninguém pensaria em fazer isso.

– Onde está Floyd? – Neely perguntou.

– Ainda em Nashville tocando guitarra e compondo péssimas músicas. Procurando realizar seu sonho.

– E Ontário?

– Ele está aqui, trabalhando nos correios. Ele e Takita têm três filhos. Ela é professora e continua tão meiga quanto antes. Vão à igreja cinco vezes por semana.

– Então ele continua a sorrir?

– Sempre.

– E Denny?

– Ainda por aqui, ensina química naquele prédio ali. Nunca perde um jogo.

– Você estudou química?

– Não, não estudei.

– Nem eu. Sempre tirei dez e nunca abri um livro.

– Você não precisava. Você era o *all-American*.

– E Jesse, ainda está na prisão?

– Oh, sim, vai ficar lá muito tempo.

– Onde?

– Buford. Vejo a mãe dele de vez em quando e sempre pergunto por ele. Isso a faz chorar, mas não posso evitar.

– Será que ele sabe sobre o estado de Rake? – Neely perguntou.

Paul deu de ombros, balançou a cabeça e houve outra pausa na conversa enquanto eles viam um homem velho correndo com esforço na pista. Atrás dele estavam duas mulheres grandes, ambas queimando mais energia falando do que andando.

– Você chegou a saber o verdadeiro motivo pelo qual Jesse passou para o time de Miami? – Neely perguntou.

– Na verdade, não. Correm muitos boatos sobre dinheiro, mas Jesse nunca disse nada.

– Lembra da reação de Rake?

– Lembro, ele queria matar Jesse. Acho que Rake fez alguma promessa para o olheiro da A&M.

– Rake queria sempre entregar os prêmios – Neely disse com ar de quem sabe. – Ele queria que eu fosse parar na State.

– É para onde você devia ter ido.

– Tarde demais para isso agora.

– Por que você entrou para a Tech?

– Gostei do treinador *quarterback* deles.

– Ninguém gostava do treinador *quarterback* deles. Qual foi o verdadeiro motivo?

– Quer mesmo saber?

– Quero, depois de quinze anos, quero mesmo saber.

– Cinqüenta mil dólares em dinheiro.

– Não!

– Sim. A State ofereceu quarenta, a A&M trinta e cinco, e algumas outras estavam dispostas a pagar vinte.

– Você nunca me contou isso.

– Nem para ninguém até agora. É um negócio meio imoral...

– Você recebeu cinqüenta mil dólares em dinheiro da Tech? – Paul falou devagar.

– Quinhentas notas de cem dólares, numa sacola de lona vermelha, sem marca nenhuma e posta na mala do meu carro uma noite, enquanto eu estava no cinema com Screamer. Na manhã seguinte assinei contrato com a Tech.

– Seus pais sabiam?

– Tá louco? Meu pai teria chamado a Associação Atlética das Faculdades.

– Por que você aceitou?

– Todas as faculdades ofereciam dinheiro, Paul, não seja ingênuo. Fazia parte do jogo.

– Não sou ingênuo, só estou surpreso com você.

– Por quê? Eu podia ter assinado contrato com a Tech por coisa alguma ou podia aceitar o dinheiro. Cinqüenta mil dólares para um idiota de dezoito anos é como ganhar na loteria.

– Mesmo assim...

– Todos os olheiros ofereciam dinheiro, Paul. Sem exceção. Achei que fazia parte do negócio.

– Como você escondeu o dinheiro?

– Em vários lugares. Quando fui para a Tech, comprei um carro novo à vista. Não durou muito.

– E seus pais não desconfiaram?

– Desconfiaram, mas eu estava fora de casa, na faculdade, e eles não podiam acompanhar tudo que eu fazia.

– Não guardou nada?

– Para que guardar dinheiro quando se está na folha de pagamento?

– Qual folha de pagamento?

Neely mudou de posição, com um sorriso superior.

– Não seja condescendente, seu cretino – Paul disse. – Por estranho que pareça, a maioria de nós não jogava futebol no nível da Primeira Divisão.

– Lembra do jogo no Estádio Gator no meu primeiro ano?

– Claro, todos daqui assistiram ao jogo.

– Saí do banco no segundo tempo e fiz três *touchdowns*, corri cem jardas, venci o jogo com um passe no último segundo. Nascia uma estrela, eu era o maior calouro do país, blá, blá, blá. Muito bem, quando voltei à faculdade encontrei um pequeno embrulho na minha caixa postal. Cinco mil dólares em dinheiro. Um bilhete anônimo dizia: "Belo jogo. Continue assim." A mensagem era clara, continue ganhando que o dinheiro continuará a vir. Por isso não me interessei em guardar dinheiro.

A picape de Silo tinha uma cor diferente, personalizada, uma estranha mistura de dourado e vermelho. As rodas prateadas cintilavam e as janelas eram negras.

– Lá está ele – Paul disse, quando a picape parou perto do portão.

– Que tipo de picape é aquela? – Neely perguntou.

– Roubada, tenho certeza.

Silo também tinha sido personalizado. Usava uma jaqueta de piloto de bombardeiro da Segunda Guerra, calça preta de zuarte, botas pretas. Não tinha emagrecido, também não tinha engordado e ainda parecia um jogador andando devagar em volta do campo. Era o andar de um dos Spartans de Messina, quase arrogante, quase um desafio para quem dissesse uma palavra errada. Silo ainda era capaz de pôr as almofadas protetoras, pegar a bola e tirar sangue.

Mas ele olhava para alguma coisa no meio do campo, talvez ele mesmo há muito tempo, talvez estivesse ouvindo os gritos de Rake. Fosse o que fosse, Silo parou na borda do campo por um momento, depois subiu os degraus com as mãos nos bolsos da jaqueta. Ofegava quando chegou perto de Neely. Com um abraço de urso, perguntou ao seu *quarterback* onde ele tinha estado durante todos aqueles anos. Cumprimentos e insultos foram trocados. Havia tanto terreno a ser percorrido que nenhum deles queria começar.

Sentados lado a lado, os três viram outro corredor passar. Silo estava controlado e quando falou sua voz era quase um murmúrio:

– Onde você está morando?

– Na área de Orlando – Neely disse.

– No que você trabalha?

– Sou corretor de imóveis.

– Tem família?

– Não, só um divórcio. E você?

– Oh, estou certo de que tenho uma porção de filhos que não conheço. Nunca me casei. Você está ganhando grana?

– Dá pra viver. Não estou na lista dos mais ricos da revista *Forbes*.

– Eu provavelmente chego lá no próximo ano – Silo disse.

– Que tipo de negócio você tem? – Neely perguntou, olhando para Paul.

– Peças de automóveis – Silo disse. – Passei na casa de Rake hoje à tarde. Lila e as meninas estão lá, com os netos e os vizinhos. A casa está cheia de gente sentada, esperando que Rake morra.

– Você o viu? – Paul perguntou.

– Não. Ele está num quarto dos fundos, com uma enfermeira. Lila informou que ele não quis que ninguém o visse nos últimos dias. Disse que Rake está pele e osso.

A imagem de Eddie Rake deitado num quarto escuro com uma enfermeira ao lado, contando os minutos, gelou a conversa por longo tempo. Até o dia em que foi despedido, ele treinava seu time usando short e chuteiras de futebol sem nunca hesitar em demonstrar o mecanismo certo do bloqueio ou as vantagens especiais de um braço firme. Rake gostava do contato físico com seus jogadores, mas não dava tapinhas nas costas por um trabalho bem-feito. Rake gostava de bater e nenhum treino era completo enquanto ele não jogasse longe sua prancheta e agarrasse alguém pelos protetores dos ombros. Quanto maior o jogador, melhor. Nos treinos de bloqueio, quando as coisas não iam de acordo com sua vontade, ele se agachava numa posição perfeita de três pontas, atirava a bola e colidia contra jogadores de bloqueio que tinham vinte quilos a mais do que ele, sem falar de todos os enchimentos protetores e tudo o mais. Todos os jogadores de Messina tinham visto Rake, num dia especialmente ruim, se atirar nas costas de um jogador e derrubá-lo em plena corrida com um golpe violento. Ele adorava a violência do futebol e a exigia de todos os jogadores.

Em trinta e quatro anos como treinador-chefe, Rake tinha expulsado de campo apenas dois jogadores. A primeira vez foi numa briga de socos no fim dos anos sessenta entre o treinador e um cabeça-quente que havia saído do time e estava à procura de problemas, o que acabou encontrando. A segunda foi por causa de um golpe maldoso que atingiu o rosto de Neely Crenshaw.

Era difícil imaginar que agora ele fosse um velho engelhado prestes a dar o último suspiro.

– Eu estava nas Filipinas – Silo disse com voz baixa mas áspera e sonora. – Estava vigiando os banheiros dos oficiais, puto da vida o tempo todo, não vi você jogar na Tech.

– Não perdeu grande coisa – Neely disse.

– Mais tarde ouvi dizer que você jogou bem pra cacete, mas se machucou.

– Tive alguns bons jogos.

– Ele foi o jogador nacional da semana quando estava no segundo ano da Tech – Paul disse. – Fez seis *touchdowns* contra Purdue.

– Foi um joelho, não foi? – Silo perguntou.

– Foi.

– Como aconteceu?

– Eu corri para a ponta, vi uma abertura, segurei a bola e avancei, não vi o *linebacker* – Neely contou como se tivesse feito aquilo mil vezes e preferisse não fazer outra vez.

Silo tinha rompido um ligamento no futebol, na primavera, e sobreviveu. Ele sabia alguma coisa sobre joelho.

– Cirurgia e tudo o mais? – ele perguntou.

– Quatro – Neely disse. – Ruptura completa do ligamento, destruiu a rótula.

– Então o capacete acertou você?

– O *linebacker* visou o joelho quando Neely estava passando a linha – Paul disse. – Eles mostraram uma dezena de vezes na televisão. Um dos anunciantes teve a coragem de chamar de golpe baixo. Foi contra a A&M, o que mais posso dizer?

– Deve ter sido uma dor insuportável.

– Foi.

– Ele foi carregado para uma ambulância e o povo chorou nas ruas de Messina.

– Tenho certeza de que é verdade – Silo disse. – Mas não é preciso muita coisa para abalar esta cidade. A fisioterapia não adiantou?

– Foi o que eles chamaram tristemente de uma lesão que acaba com a carreira – Neely disse. – A fisioterapia só piorou. Eu estava condenado no momento em que peguei a bola e corri. Devia ter ficado no "bolsão", como fui treinado.

– Rake nunca disse para você ficar no bolsão.

– Lá o jogo é diferente, Silo.

– Eu sei, eles são um bando de cretinos. Nunca me recrutaram. Eu podia ter sido grande, provavelmente o primeiro *nose tackle* a ganhar o Heisman.

– Sem dúvida – Paul disse.

– Na Tech todo mundo sabia disso – Neely disse. – Todos os jogadores sempre me perguntavam: "Onde está o grande Silo Mooney? Por que não recrutamos ele?"

– Que desperdício! – Paul disse. – Você chegaria à Liga Nacional de Futebol.

– Provavelmente com os Packers – Silo disse. – Ganhando muita grana, com gatinhas batendo na minha porta, um vidão.

– Rake não queria que você fosse para a universidade? – Neely perguntou.

– Queria, eu até ia, mas não me deixaram terminar o segundo grau aqui.

– Como você entrou para o exército?

– Eu menti.

E não havia dúvida de que Silo mentiu para entrar no Exército e provavelmente mentiu para sair.

– Preciso de uma cerveja – ele disse. – Vocês querem uma cerveja?

– Eu dispenso – Paul disse. – Tenho de voltar para casa daqui a pouco.

– E você?

– Uma cerveja ia bem – Neely disse.

– Vai ficar aqui por algum tempo? – Silo perguntou.

– Talvez.

– Eu também. Para mim parece o lugar onde devemos estar agora.

A Maratona dos Spartans era uma tortura anual criada por Rake para abrir cada temporada. Era no primeiro dia do treinamento de agosto, sempre ao meio-dia, quando o calor era mais intenso. Todos que esperavam entrar para o primeiro time compareciam na pista de short e tênis de corrida e quando Rake tocava seu apito, as voltas começavam.

O formato era simples. Você corria até cair. Doze voltas no mínimo. O jogador incapaz de completar doze voltas podia repetir a maratona no dia seguinte e se falhasse duas vezes não era considerado apto para ser um Spartan de Messina. Qualquer jogador de futebol que não podia correr cinco quilômetros não era digno de usar os enchimentos protetores.

Os auxiliares do treinador ficavam no camarote da imprensa com ar condicionado e contavam as voltas. Rake ia de uma extremidade à outra observando os corredores, gritando quando era necessário, desqualificando os que eram lentos demais. A velocidade não era o objetivo, a não ser que o passo do jogador se tornasse um passeio, quando então Rake o tirava da pista. Quando o jogador desistia, desmaiava ou era desqualificado por qualquer motivo, era obrigado a sentar no meio do campo e "cozinhar" ao sol até não haver mais ninguém de pé. As regras eram poucas, uma delas exigia a expulsão automática do corredor que vomitasse na pista. Vomitar não era nada raro, mas só era permitido em algum lugar fora da pista, e depois o jogador devia voltar a correr.

No vasto repertório de métodos rígidos de condicionamento de Rake, a maratona era de longe o mais temido. Durante anos levou alguns jovens de Messina a procurar outros esportes ou desistir completamente de qualquer forma de atletismo. Bastava mencionar a maratona a um jogador da cidade em julho e ele sentia um nó no estômago e a boca seca. No começo de agosto, a maioria dos jogadores estava correndo pelo menos oito quilômetros, preparando-se para a maratona.

Por causa da maratona, todos se apresentavam em ótima forma. Não era raro jogadores pesados perderem dez ou quinze quilos durante o verão, não pela namorada nem para melhorar seu físico. O peso era perdido para sobreviver à maratona dos Spartans. Quando terminava, podiam recomeçar a comer, embora fosse difícil recuperar o peso antigo quando passavam três horas por dia no campo de treino.

O treinador Rake não gostava mesmo de jogadores muito pesados. Preferia o tipo agressivo e malvado, como Silo Mooney.

No último ano Neely completou trinta e uma voltas, quase treze quilômetros, e quando caiu na grama com ânsia de vômito, podia ouvir Rake esbravejando com ele do outro lado do campo. Paul correu quinze quilômetros naquele ano, trinta e oito voltas e venceu a corrida. Todos os Spartans lembravam de dois números – o da sua camisa e o número de voltas com que ele terminou a maratona.

Depois que a lesão no joelho de repente o reduziu à condição de apenas outro aluno da Tech, Neely estava num bar quando uma estudante de Messina o viu.

– Soube da novidade de casa? – ela perguntou.

– Que novidade? – Neely não estava nem um pouco interessado em notícias da sua cidade natal.

– A maratona dos Spartans tem novo recorde.

– É mesmo?

– Noventa e três voltas.

Neely repetiu as palavras dela, fez as contas e disse:

– Quase trinta e quatro quilômetros.

– Isso aí.

– Quem foi?

– Um garoto chamado Jaeger.

Só em Messina os boatos incluíam os últimos resultados dos exercícios de agosto.

Randy Jaeger subia agora os degraus da arquibancada com a camisa verde com o número 5 em branco com debrum prateado, para dentro da calça jeans. Ele era pequeno, de cintura muito fina, sem dúvida um bom receptador, com pés velozes e um tempo impressionante na marca dos quarenta. Ele reconheceu Paul primeiro e quando chegou mais perto, viu Neely. Parou três filas abaixo deles e disse:

– Neely Crenshaw.

– Eu mesmo – Neely disse. Trocaram um aperto de mãos. Paul conhecia bem Jaeger porque, como logo ficou esclarecido na conversa, a família de Randy era dona de um shopping ao norte da cidade e seu banco era o de Paul, como de todo mundo em Messina.

– Alguma notícia de Rake? – Jaeger perguntou, sentando na fileira atrás deles e se inclinando para a frente.

– Não muita coisa. Ele ainda está vivo – Paul disse, com ar grave.

– Quando você se formou? – Neely perguntou.

– Em noventa e três.

– E eles despediram o Rake em...

– Noventa e dois, meu último ano. Eu fui um dos capitães.

Uma pausa pesada quando a história da demissão de Rake chegou e passou sem nenhum comentário. Neely estava perambulando pelo oeste do Canadá, numa viagem de descanso que durou quase cinco anos, depois da formatura, e perdeu o drama. Com o tempo, soube de alguns detalhes, embora tentando se convencer de que pouco se importava com o que tinha acontecido com Eddie Rake.

– Você correu oitenta e três voltas? – Neely perguntou.

– Isso aí, em 1990.

– Continua sendo o recorde?

– Sim. E você?

– Trinta e uma no último ano. Oitenta e três é difícil de acreditar.

– Eu tive sorte. O dia estava encoberto e frio.

– E o cara que tirou segundo lugar?

– Quarenta e cinco, eu creio.

– Para mim não parece sorte. Você jogou na faculdade?

– Não, eu pesava sessenta quilos com os enchimentos.

– Ele foi o primeiro do estado durante dois anos – Paul disse. – E ainda tem o recorde de contagem de metros. A mãe dele não conseguiu fazê-lo ganhar peso.

– Tenho uma pergunta – Neely disse. – Eu corri trinta e uma voltas e desmoronei cheio de dor. Então Rake me amaldiçoou como se eu fosse uma merda. O que exatamente ele disse quando você terminou as oitenta e três voltas?

Paul resmungou e sorriu porque conhecia a história. Jaeger balançou a cabeça e sorriu.

– Típico de Rake. Quando terminei, ele chegou perto de mim e disse, em voz alta: "Pensei que você podia chegar a cem voltas." É claro que isso foi para incentivar os outros jogadores. Mais tarde, no vestiário, ele disse em voz muito baixa que foi um desempenho de macho de verdade.

Dois dos corredores deixaram a pista, subiram alguns degraus da arquibancada, sentaram e olharam para o campo. Tinham cinqüenta e poucos anos, eram bronzeados de sol e usavam tênis caros.

– O cara à direita é Blanchard Teague – Paul disse, ansioso para provar que conhecia todo o mundo. – Nosso optometrista. O da esquerda é Jon Couch, advogado. Jogaram no fim da década de sessenta, durante a Maré de Sorte.

– Então nunca perderam um jogo – Jaeger disse.

– Certo. Na verdade, o time de 68 nunca perdeu. Doze jogos, doze vitórias. Esses dois estavam lá.

– Fantástico! – Jaeger disse, realmente impressionado.

Precisaram de um minuto para digerir a idéia de uma temporada sem nenhum ponto perdido. O optometrista e o advogado conversavam animadamente, sem dúvida refazendo seus feitos gloriosos durante a Maré de Sorte.

– O jornal publicou uma reportagem sobre Rake poucos anos depois que ele foi despedido – Paul disse suavemente. – Os comentários eram os usuais, mas o artigo dizia também que em trinta e quatro anos ele treinou setecentos e catorze jogadores. O título da reportagem era: "Eddie Rake e os Setecentos Spartans."

– Eu vi isso – Jaeger disse.

– Só queria saber quantos irão ao seu funeral – Paul disse.

– A maioria deles.

A versão de Silo de apanhar alguma coisa para beber incluía duas caixas de cerveja e dois outros homens para ajudar a beber. Três homens saíram da picape, com Silo na frente, carregando uma caixa de Budweiser no ombro e uma garrafa na mão.

– Minha nossa! – Paul disse.

– Quem é o magricela? – Neely perguntou.

– Acho que é Hubcap.

– Hubcap não está na prisão?

– Ele entra e sai.

– O outro é Amos Kelso – Jaeger disse. – Ele jogou comigo.

Amos carregava a outra caixa de cerveja e quando os três subiram a escada, Silo convidou Orley Short e seu companheiro para beber com eles. Não hesitaram. Ele gritou para Teague e Couch e eles também os acompanharam na escada até a trigésima fila onde estavam Paul, Neely e Randy Jaeger.

Feitas as apresentações, as garrafas foram abertas e Orley perguntou ao grupo:

– Qual é a última notícia sobre Rake?

– Todos continuam esperando – Paul disse.

– Eu passei por lá hoje à tarde – Couch disse, com ar grave. – É só uma questão de tempo. – Couch tinha um ar de importância legal que desagradou a Neely imediatamente. Teague, o optometrista, fez uma longa narração dos últimos avanços do câncer de Rake.

Era quase noite. Não havia mais ninguém na pista. Na sombra, um homem alto e desajeitado saiu do vestiário e caminhou lentamente para os postes de metal que sustentavam o marcador.

– Aquele não é Rabbit, é? – Neely perguntou.

– Claro que é – Paul disse. – Ele nunca irá embora.

– Qual é o seu título agora?

– Ele não precisa de um título.

– Ele foi meu professor de história – Teague disse.

– E meu professor de matemática – Couch disse.

Rabbit tinha lecionado por onze anos, até alguém descobrir que ele não tinha terminado a nona série. Foi despedido com escândalo, mas por intervenção de Rake, contratado como diretor-assistente de atletismo. Esse título no Colégio Messina significava que ele não fazia nada além de receber ordens de Rake. Rabbit dirigia o ônibus do time, limpava os uniformes, fazia a manutenção do equipamento e, o mais importante, contava a Rake todos os boatos.

As luzes do campo eram instaladas em quatro postes, dois de cada lado. Rabbit ligou um interruptor. As dez fileiras de luzes da extremidade sul do lado dos visitantes se acenderam. Sombras longas se desenharam no campo.

– Ele vem fazendo isso há uma semana – Paul disse. – Rabbit deixa as luzes acesas a noite toda. É sua versão de vigília. Quando Rake morrer, as luzes se apagam.

Rabbit voltou para o vestiário com seu passo gingado, para passar a noite.

– Ele ainda mora lá? – Neely perguntou.

– Mora. Tem uma cama no sótão, acima da sala de pesagem. Diz que é um vigia noturno. É doido de pedra.

– Ele foi um ótimo professor de matemática – Couch disse.

– Rabbit tem sorte por ainda poder andar – Paul disse e todos riram. Rabbit ficara parcialmente aleijado num jogo em 1981 quando, por motivos que nem ele e nem ninguém jamais veio a saber, saiu correndo para dentro do campo, no caminho de um tal Lightning Loyd, jogador rápido e robusto que mais tarde jogou em Auburn, mas que naquela noite jogava para o Green County, brilhantemente por sinal. Com a partida empatada no fim do terceiro tempo, Loyd se livrou de marcação e iniciou o que parecia uma longa corrida para o *touchdown*. Os dois times estavam invictos. O jogo era tenso e evidentemente Rabbit surtou com a pressão. Para horror (e delícia) de dez mil torcedores do Messina, Rabbit lançou o corpo magro e seco na arena, e mais ou menos na linha dos trinta e cinco metros colidiu com Lightning. A colisão, quase fatal para Rabbit, que na época tinha no mínimo quarenta anos, causou pouco impacto em Loyd. Foi como um inseto no pára-brisa.

Rabbit naquele dia estava de calça cáqui, moletom verde de Messina, um boné verde, que voou e caiu a dez metros dele, e botas pontudas de caubói. A bota esquerda foi jogada longe e girou no ar enquanto Rabbit voava também. Os espectadores sentados na trigésima fila juraram ter ouvido os ossos de Rabbit se quebrando.

Se Lightning tivesse continuado a corrida, a controvérsia seria menor. Mas o pobre garoto ficou tão chocado que olhou para trás para ver quem ou o que tinha atropelado e ao fazer isso perdeu o equilíbrio. Ele precisou de quinze jardas para completar a queda, e quando aterrissou mais ou menos na altura da linha das vinte jardas o campo estava coberto de bandeiras amarelas.

Enquanto os treinadores rodeavam Rabbit, debatendo se deviam chamar uma ambulância ou um ministro religioso, os juízes rapidamente deram o *touchdown* para o Greene County, uma decisão que deixou Rake chocado, como todo o mundo, e além disso ele estava preocupado com Rabbit, que não tinha movido um músculo desde que chegou ao chão.

Levaram vinte minutos para recolher Rabbit, deitá-lo cuidadosamente na maca e levá-lo até a ambulância. Quando a ambulância partiu, dez mil torcedores de Messina se levantaram e aplaudiram com respeito. O pessoal de Greene County, sem saber se devia aplaudir ou vaiar, ficou quieto, tentando digerir o que acabava de ver. Tinham seu *touchdown*, mas o pobre idiota parecia morto.

Rake, sempre o mestre motivador, usou o intervalo para incitar suas tropas.

– Rabbit bateu com mais força do que vocês, seus palhaços – ele rosnou defendendo o pobre homem. – Vamos chutar algumas bundas e ganhar o jogo para Rabbit.

Messina marcou três *touchdowns* no quarto tempo e ganhou facilmente.

Rabbit sobreviveu também. Sua clavícula estava quebrada e três vértebras inferiores rachadas. A contusão não era tão grave e os que o conheciam bem asseguraram que o cérebro não sofreu nenhum dano. Não é preciso dizer que Rabbit se tornou um herói local. No banquete anual do futebol, mais tarde, Rake conferiu a ele o troféu do Lance do Ano.

As luzes ficaram mais fortes quando terminou o crepúsculo. Os olhos deles mudaram de foco para a semiobscuridade do Rake Field. Outro grupo menor de antigos jogadores dos Spartans apareceu na extremidade das arquibancadas. Suas vozes eram quase inaudíveis.

Silo abriu outra garrafa e tomou a metade.

– Quando foi a última vez que você viu Rake? – Blanchard Teague perguntou a Neely.

– Uns dois dias depois da minha primeira cirurgia – Neely disse e todos ficaram em silêncio. Neely estava contando uma história que nunca fora contada em Messina. – Eu estava no hospital. Uma cirurgia terminada, faltavam mais três.

– Foi um golpe baixo – Couch murmurou, como se Neely precisasse ser convencido disso.

– Com certeza – disse Amos Kelso.

Neely podia vê-los, agrupados nos cafés na rua Principal, tristonhos, falando com vozes graves sobre o último golpe que tinha terminado com a carreira do seu *all-American*. Uma enfermeira disse a Neely que nunca tinha visto tanta solidariedade: cartões, flores, chocolates, bolas coloridas, trabalhos artísticos das turmas do jardim-de-infância. Tudo vindo da pequena cidade de Messina, a três horas do hospital. A não ser seus pais e os treinadores da Tech, Neely não quis qualquer visita. Durante oito longos dias ele mergulhou na autopiedade, ajudado por todos os analgésicos que os médicos permitiam.

Rake chegou de mansinho uma noite, muito depois da hora das visitas.

– Ele tentou me animar – Neely disse, tomando um gole de cerveja. – Disse que joelhos podiam ser reabilitados. Eu tentei acreditar.

– Ele mencionou o jogo do campeonato de 87? – Silo perguntou.

– Falamos a respeito.

Houve uma pausa longa e constrangedora, enquanto lembravam aquele jogo e todos os mistérios que o rodeavam. Foi o último título de Messina, e só esse fato era uma fonte suficientemente rica para análise durante anos. Perdendo de 31-0 no primeiro tempo, maltratados e dominados pelo time muito superior de East Pike, os Spartans voltaram ao campo em A&M onde trinta e cinco mil torcedores esperavam. Rake estava ausente. Só apareceu no fim do último tempo.

A verdade sobre o que aconteceu ficou enterrada durante quinze anos e evidentemente Neely, Silo, Paul ou Hubcap Taylor não estavam dispostos a quebrar o silêncio.

No quarto do hospital Rake finalmente pediu desculpas, mas Neely não contou para ninguém.

– Você nunca voltou, certo? – Jaeger perguntou.

– Não depois que me machuquei – Neely disse.

– Por quê?

– Não tive vontade.

Hubcap tomava algo muito mais forte do que cerveja. Falava pouco e quando abriu a boca foi rude.

– O pessoal dizia que você odiava Rake.

– Isso não é verdade.

– E que ele odiava você.

– Rake tinha problemas com os astros do futebol – Paul disse. – Nós todos sabíamos disso. Se você ganhava muitos prêmios, Rake ficava com inveja. Simplesmente isso. Ele nos fazia trabalhar como cães e queria que todos fossem grandes, mas quando um cara como Neely recebia todas as atenções, ele se ressentia.

– Não acredito nisso – Orley Short resmungou.

– É verdade. Além disso, ele queria entregar os prêmios à faculdade que ele gostava naquele momento. Ele queria ver Neely na State.

– Ele queria me ver no Exército – Silo disse.

– Sorte sua não ter ido parar na prisão – Paul disse.

– A história ainda não acabou – Silo disse, rindo.

Outro carro parou ao lado do portão e apagou os faróis. Nenhuma porta se abriu.

– Nunca subestime a prisão – Hubcap disse e todos riram.

– Rake tinha seus favoritos – Neely disse. – Eu não era um deles.

– Então por que você está aqui? – perguntou Orley Short.

– Não tenho certeza. Pela mesma razão que você, eu acho.

Durante seu primeiro ano na Tech, Neely tinha voltado a Messina para o jogo de regresso ao lar. Na cerimônia no intervalo do jogo, eles excluíram o número 19. A ovação de pé foi interminável e atrasou o pontapé inicial do segundo tempo, o que custou aos Spartans cinco jardas e fez com que o treinador Rake, vencendo por 28-0, começasse a gritar.

Foi o único jogo que Neely assistiu desde que deixou a cidade. Um ano depois ele estava no hospital.

– Quando eles puseram a estátua de Rake ali? – Neely perguntou.

– Uns dois anos depois que despediram ele – Jaeger disse. – Os torcedores coletaram dez mil dólares e mandaram fazer. Queriam dar de presente a ele antes de um jogo, mas Rake recusou.

– Então ele nunca mais voltou?

– Bem, de certo modo. – Jaeger apontou para uma colina ao longe, atrás do vestiário. – Ele ia de carro até Karr's Hill antes de cada jogo e parava numa daquelas estradas de cascalho. Ele e Miss Lila ficavam sentados no carro, olhando para baixo, ouvindo Buck Coffey no rádio, muito longe para ver grande coisa, mas querendo que a cidade soubesse que ele estava assistindo. No fim de cada tempo, a banda virava para a colina, tocava a canção de guerra dos Spartans e os dez mil torcedores acenavam para Rake.

– Era muito legal – disse Amos Kelso.

– Rake sabia de tudo que estava acontecendo – Paul disse. – Rabbit telefonava para ele duas vezes por dia para contar as novidades.

– Ele se isolou? – Neely perguntou.

– Cuidava da própria vida – Amos disse. – Pelo menos nos primeiros três ou quatro anos. Houve boatos de que ia se mudar, mas boatos não significam muita coisa por aqui. Rake ia à missa todas as manhãs, mas são poucos os que fazem isso em Messina.

– Ele passou a sair mais nos últimos anos – Paul disse. – Começou a jogar golfe.

– Estava amargurado?

Todos pensaram na pergunta.

– Sim, estava amargurado – disse Jaeger.

– Eu acho que não – Paul disse. – Ele se culpava pelo que tinha acontecido.

– Dizem que ele vai ser enterrado perto de Scotty – Amos disse.

– Também ouvi isso – Silo disse, pensativo.

Uma porta de carro bateu e um homem atarracado, de uniforme, caminhou para a pista e se aproximou das arquibancadas.

– Aí vem problema – Amos murmurou.

– É Mal Brown – Silo disse, em voz baixa.

– Nosso ilustre xerife – Paul disse para Neely.

– Número 31?

– Esse mesmo.

A camisa 19 de Neely foi a última a ser excluída. A número 31 foi a primeira. Mal Brown tinha jogado em meados da década de sessenta, durante a Maré de Sorte. Quarenta quilos e trinta e cinco anos atrás, ele era um agressivo *tailback* que certa vez levou a bola cinqüenta e quatro vezes num jogo, ainda um recorde em Messina. Um casamento precipitado acabou com sua carreira de jogador ainda no segundo grau, e um divórcio igualmente precipitado o mandou para o Vietnã em tempo para a ofensiva de 68. Neely ouvira histórias sobre o grande Mal Brown durante boa parte da sua infância. Antes de um jogo, no primeiro ano de Neely na universidade, o treinador Rake o procurou para uma breve conversa. Contou com detalhes como Mal Brown certa vez correu duzentas jardas no segundo tempo do campeonato, com o tornozelo quebrado!

Rake adorava histórias de jogadores que se recusavam a sair de campo com ossos quebrados, a carne sangrando e todo o tipo de lesões horríveis.

Anos depois, Neely ficou sabendo que o tornozelo quebrado de Mal na verdade era uma distensão, mas com o passar do tempo a lenda cresceu, pelo menos na lembrança de Rake.

O xerife andou na frente das arquibancadas e falou com os outros por algum tempo, depois subiu as trinta fileiras e chegou, quase sem fôlego, ao grupo de Neely. Falou com Paul, depois com Amos, Silo, Orley, Hubcap, Randy – conhecia todos pelos primeiros nomes ou apelidos.

– Ouvi dizer que você estava na cidade – ele disse, apertando a mão de Neely. – Faz muito tempo.

– Sim, faz – foi tudo que Neely pôde dizer. Não lembrava de jamais ter conhecido Mal Brown. Ele não era xerife quando Neely morava em Messina. Neely conhecia a lenda, mas não o homem.

Não importava. Eram irmãos de uma fraternidade.

– Já está escuro, Silo. Como é que você não está roubando carros? – Mal perguntou.

– Ainda está cedo demais.

– Eu vou pegar você, sabe disso?

– Tenho advogados.

– Dê-me uma cerveja. Não estou de serviço. – Silo deu a cerveja e Mal bebeu. – Acabo de vir da casa de Rake – ele disse, estalando os lábios como se há dias não tomasse líquidos. – Tudo na mesma. Continuam só esperando que ele se vá.

A notícia foi recebida sem comentários.

– Onde você se escondeu? – Mal perguntou a Neely.

– Em lugar nenhum.

– Não minta. Há dez anos ninguém vê você, talvez mais.

– Meus pais se aposentaram e foram para a Flórida. Eu não tinha nenhum motivo para voltar para cá.

– Foi aqui que você cresceu. É seu lar. Isso não é motivo suficiente?

– Talvez para você.

– Talvez o cacete. Você tem uma porção de amigos aqui. Não é certo fugir assim.

– Beba outra cerveja, Mal – Paul disse.

Silo passou rapidamente outra cerveja e Mal a pegou. Depois de um minuto ele perguntou:

– Você tem filhos?

– Não.

– Como vai seu joelho?

– Destruído.

– Uma pena. – Deu um longo gole. – Que golpe sujo! Você estava claramente fora de campo.

– Eu devia ter ficado no bolsão – Neely disse, mudando de posição na arquibancada, querendo poder mudar de assunto. Por quanto tempo a cidade de Messina ainda falaria do golpe baixo que arruinou sua carreira?

Outro gole longo e Mal disse, suavemente:

– Cara, você foi o maior.

– Vamos falar de outra coisa – Neely disse. Estava ali há quase três horas e começava a ficar ansioso para ir embora, mas sem idéia de para onde iria. Duas horas atrás tinham falado em Mona Curry fazer o jantar, mas a oferta não foi repetida.

– Tudo bem. Sobre o quê?

– Vamos falar sobre Rake – Neely disse. – Qual foi o pior time dele?

Todos levaram as garrafas aos lábios enquanto pensavam.

Mal foi o primeiro a falar.

– Em 76 ele perdeu quatro jogos. Lila jura que Rake ficou confinado em casa durante todo o inverno. Deixou de ir à missa. Recusava-se a ser visto em público. Pôs o time num programa brutal de condicionamento, treinou os rapazes como escravos durante todo o verão, eles treinavam três vezes por dia em agosto. Mas quando deram o pontapé inicial em 77, era um time diferente. Quase ganhou o estadual.

– Como Rake pôde perder quatro jogos numa temporada? – Neely perguntou.

Mal se inclinou para trás e se recostou na fileira atrás dele. Tomou um gole. Ele era de longe o Spartan mais velho presente e como não tinha perdido nenhum jogo em trinta anos, tinha a palavra.

– Bem, para começar, ninguém no time tinha talento. O preço da madeira subiu no verão de 76 e todos os lenhadores foram embora. Vocês sabem como eles são. Então o *quarterback* quebrou o braço e não tinha substituto. Jogamos contra Harrisburg naquele ano e não acertamos um passe. Foi um desastre.

– Harrisburg ganhou de nós? – Neely perguntou sem acreditar.

– Sim, a única vez nos últimos quarenta e um anos. Escutem só o que aqueles cretinos filhos-da-puta fizeram. Estavam na frente quase no fim do jogo, ganhando de lavada, 36-0 se não me engano. A pior noite na história do futebol de Messina. Então acharam que tinham vencido o limite da nossa triste rivalidade e resolveram aumentar o placar. Faltando poucos minutos, eles fizeram outro *touchdown*. Eles estavam entusiasmados, vocês entendem, estavam acabando com os Spartans de Messina. Rake manteve a calma, guardou a raiva em algum lugar e saiu à procura de lenhadores. No ano seguinte, estávamos jogando contra Harrisburg aqui, a multidão era enorme, marcamos sete *touchdowns* só no primeiro tempo.

– Lembro desse jogo – Paul disse. – Eu ainda estava na primeira série. A esta altura estava quarenta e oito a zero.

– Quarenta e sete – Mal disse com orgulho. – Marcamos quatro vezes no terceiro tempo e Rake continuava com o mesmo esquema de jogo. Ele não podia substituir ninguém, porque não tinha ninguém no banco, mas manteve a bola no ar.

– Qual foi o placar final? – Neely perguntou.

– Noventa e quatro a zero. Ainda hoje é um recorde em Messina. Nunca vi Eddie Rake correr tanto atrás de um resultado.

O outro grupo na extremidade norte explodiu em risadas quando alguém terminou de contar uma história, sem dúvida sobre Rake ou sobre um jogo antigo. Silo ficava bem quieto na presença da lei e quando achou que era o momento certo, disse:

– Bem, preciso ir. Me telefone, Curry, se souber alguma coisa sobre Rake.

– Pode deixar.

– Vejo vocês amanhã – Silo disse, se levantando e se esticando para pegar a última garrafa.

– Preciso de uma carona – Hubcap disse.

– Já tá na hora, Silo? – Mal disse. – É a hora certa para os bons ladrões saírem para tratar de negócios?

– Vou descansar alguns dias – Silo disse. – Em honra do treinador Rake.

– Que tocante. Então vou mandar os rapazes do turno da noite para casa, porque você não vai trabalhar hoje.

– Faça isso, Mal.

Silo, Hubcap e Amos Kelso desceram das arquibancadas, os degraus de metal tilintavam com seus passos.

– Dentro de doze meses ele vai estar em cana – Mal disse, olhando para os três no fim da pista. – Vai vendo se seu banco está limpo, Curry.

– Não se preocupe.

Neely já tinha ouvido o bastante. Levantou-se e disse:

– Eu também vou indo.

– Pensei que você ia jantar conosco – Paul disse.

– Não estou com fome agora. Que tal amanhã à noite?

– Mona vai ficar desapontada.

– Diga a ela para guardar as sobras. Boa-noite, Mal, Randy. Tenho certeza de que nos veremos muito em breve.

O joelho estava retesado e Neely descia os degraus com dificuldade, tentando arduamente não mancar, não queria que pensassem que era menos do que aquilo que se lembravam. Quando seguia seu caminho, passando atrás do banco dos Spartans, ele se virou depressa demais e seu joelho quase sucumbiu. O membro vergou e depois tremeu, enquanto pequenas dores agudas o atingiram em diversos pontos diferentes. Como isso acontecia com muita freqüência, ele sabia como colocar o joelho novamente em perfeita ordem, jogar rapidamente todo o peso do corpo para a perna direita e continuar andando como se tudo estivesse normal.

Quarta-feira

Na vitrina de todas as lojas e outros estabelecimentos comerciais em volta da praça de Messina havia um grande cartaz verde com os horários e dias dos jogos de futebol, como se os fregueses e o pessoal da cidade precisassem de ajuda para se lembrar que os Spartans jogavam todas as noites de sexta-feira. E em cada poste de luz, na frente das lojas, havia flâmulas verdes e brancas que eram colocadas no fim de agosto e retiradas quando a temporada acabava. Neely lembrou das flâmulas que estavam nos postes nos dias em que ele andava de bicicleta na calçada. Nada tinha mudado. Os cartazes grandes e verdes com os horários eram iguais todos os anos – os jogos estampados em letras grandes, circundados pelos rostos sorridentes dos formandos. Embaixo, pequenos anúncios dos patrocinadores locais, que incluíam todo o tipo de negócio que existia em Messina. Ninguém ficava de fora.

Quando entrou no Café Renfrow, um passo atrás de Paul, Neely respirou fundo e disse a si mesmo para sorrir, para ser cortês. Afinal, aquela gente o adorara no passado.

O cheiro forte de fritura o assaltou na porta, depois o som de panelas tinindo a distância. Os cheiros e os sons não tinham mudado desde o tempo em que seu pai o levava ao Renfrow nas manhãs de sábado para tomar chocolate quente, onde os torcedores reviviam a última vitória dos Spartans.

Durante a temporada, todos os jogadores de futebol podiam comer de graça no Renfrow uma vez por semana, um gesto simples e generoso duramente testado logo depois que a escola foi integrada. O Renfrow daria aos jogadores negros o mesmo privilégio? É claro que sim, ordenou Eddie Rake, e o café se tornou o primeiro no estado a se integrar voluntariamente.

Paul falou com a maioria dos homens que tomavam café, mas caminhou decididamente para uma mesa perto da janela. Neely inclinava a cabeça, cumprimentando, mas evitava contato visual. Quando os dois sentaram entre as divisórias baixas, o fato não era mais segredo. Neely Crenshaw estava mesmo de volta à cidade.

As paredes eram cobertas com velhos horários de jogos, reportagens emolduradas, flâmulas, camisas autografadas e centenas de fotos – fotos de times alinhados em ordem quase cronológica acima do balcão, fotos de jogadores em ação, recortadas do jornal local, e grandes fotos em preto e branco dos maiores jogadores que o Spartans teve. Neely estava acima da caixa registradora, numa foto tirada no último ano do colégio, posando com a bola, pronto para lançar, sem capacete, sem sorriso, concentrado e cheio de atitude e de ego, cabelo comprido despenteado, barba loura de três dias, olhando para a distância, sem dúvida sonhando com a glória futura.

– Você tinha uma expressão tão viva naquele tempo – Paul disse.

– Parece que foi ontem, parece até um sonho.

No centro da parede maior havia um altar para Eddie Rake – uma grande foto colorida dele, de pé ao lado das traves do gol, e debaixo dela o recorde: 418 vitórias, 62 derrotas, 13 títulos estaduais.

Segundo os comentários do começo do dia, Rake ainda se agarrava à vida. E a cidade ainda se agarrava a ele. As vozes eram moderadas, não se ouvia nenhuma risada, nenhuma piada, nenhuma história de pescador, nenhuma discussão habitual sobre política.

Uma garçonete pequena, de uniforme verde e branco, serviu o café e anotou os pedidos. Ela conhecia Paul, mas não reconheceu o cara que estava com ele.

– Maggie ainda está por aí? – Neely perguntou.

– Está numa casa de repouso – Paul disse.

Maggie Renfrow serviu café escaldante e ovos gordurosos durante décadas. Além disso trabalhou ativamente na área dos boatos e rumores referentes ao time de futebol da cidade. Como tinha dado refeições gratuitas para os jogadores, conseguiu fazer o que todos em Messina tentavam; chegar um pouco mais perto dos rapazes e do treinador.

Um cavalheiro se aproximou e cumprimentou desajeitadamente Neely com uma inclinação da cabeça.

– Só queria dizer olá – ele disse estendendo a mão direita. – É bom ver você outra vez depois de tanto tempo. Você era mesmo demais!

Neely apertou a mão dele e agradeceu. O aperto de mãos foi breve. Neely evitou contato visual. O homem entendeu e se afastou. Ninguém mais se aproximou dos dois.

Havia alguns olhares rápidos e constrangidos, mas a maioria parecia satisfeita em tomar seu café e ignorar Neely. Afinal, ele os tinha ignorado nos últimos quinze anos. Messina era dona dos seus heróis e esperava que eles apreciassem o carinho que a cidade oferecia.

– Quando foi a última vez que você viu a Screamer? – Paul perguntou.

Neely suspirou e olhou pela janela.

– Não a vejo desde a faculdade.

– Nem uma palavra?

– Uma carta, há alguns anos. Papel elegante de algum lugar em Hollywood. Dizia que ela estava arrasando e que seria bem mais famosa do que eu jamais imaginei ser. Foi uma coisa bastante desagradável. Nem respondi.

– Ela apareceu na nossa reunião de dez anos – Paul disse. – Uma atriz com nada além de cabelo louro, pernas bonitas e roupas que nunca se viram por aqui. Estava toda produzida. Citou nomes importantes a todo o momento, esse produtor, aquele diretor, um bando de atores dos quais nunca ouvi falar. Tive a impressão de que ela estava gastando mais tempo na cama do que na frente das câmeras.

– É assim que ela é.

– Você deve mesmo saber...

– Ela parecia bem?

– Cansada.

– Alguns filmes?

– Vários. Um depois do outro. Mais tarde comparamos o que sabíamos dela e ninguém tinha assistido aos filmes que citou. Foi tudo um showzinho. Tipicamente Screamer. Só que agora ela é Tessa. Tessa Canyon.

– Tessa Canyon?

– Isso aí.

– Parece nome de atriz pornô.

– Acho que era por esse caminho que ela estava indo.

– Pobre menina!

– Pobre menina? – Paul repetiu. – Ela é uma idiota miserável e egocêntrica, cujo o único motivo para se achar famosa é o fato de ter sido namorada de Neely Crenshaw.

– Sim, mas tem umas pernas maravilhosas.

Os dois sorriram por longo tempo. A garçonete serviu as panquecas, as salsichas e encheu outra vez as xícaras de café. Paul serviu-se de calda de bordo e recomeçou a falar.

– Há dois anos, tivemos uma grande convenção de banqueiros em Las Vegas. Mona estava comigo. Ela ficou entediada e foi para o quarto. Eu também fiquei e fui dar uma volta no Strip, tarde da noite. Entrei num velho cassino e adivinhe quem eu vi?

– Tessa Canyon.

– Tessa estava servindo bebida; era uma garçonete com um traje mínimo, justíssimo, bem decotado na frente e curto atrás. Cabelos tingidos, maquiagem pesada, uns dez quilos a mais. Ela não me viu e eu a observei por alguns minutos. Parecia ter mais de trinta anos. O estranho era seu modo de ação. Quando chegava perto dos fregueses nas mesas, o sorriso aparecia com uma vozinha ronronante que dizia: "Leve-me para a cama." A loquacidade das poucas palavras. Ela se encostava e se esfregava, paquerando sem o menor pudor um bando de bêbados. Só queria ser amada.

– Eu fiz o melhor possível.

– Ela é um caso muito triste.

– Por isso eu a deixei. Ela não virá para o funeral, não é?

– Pode ser que venha. Se houver uma chance de encontrar você, ela vem. Por outro lado, Screamer não está com boa aparência, e para ela a aparência é tudo.

– Os pais dela ainda moram aqui?

– Moram.

Um homenzinho gorducho com um boné se aproximou da mesa deles como se estivesse entrando em lugar proibido.

– Só queria dizer olá, Neely – ele disse, quase pronto para uma reverência. – Tim Nunley, da Ford – falou, oferecendo a mão como se temesse ser ignorado. Neely apertou a mão dele e sorriu. – Costumava trabalhar nos carros do seu pai.

– Lembro de você – Neely mentiu, mas mentir valeu o esforço. O sorriso do sr. Nunley dobrou de tamanho e ele apertou com força a mão de Neely.

– Achei que ia lembrar – o sr. Nunley disse, olhando para sua mesa com ar desafiado. – É bom vê-lo de volta. Você foi o maior.

– Muito obrigado – Neely disse, retirando a mão e pegando o garfo. O sr. Nunley recuou, ainda esperando para se curvar, então pegou o paletó e saiu do restaurante.

As vozes continuavam baixas, como se o velório já tivesse começado. Paul terminou de mastigar e inclinou-se para a frente.

– Há quatro anos tínhamos um bom time. Vencemos os nove primeiros jogos. Invictos. Eu estava sentado bem aqui comendo a mesma coisa que agora. Numa sexta-feira de manhã, dia de jogo, juro que é verdade, o assunto das conversas era a Maré de Sorte. Não a antiga, mas a nova. Todos estavam prontos para uma nova Maré de Sorte. Nada de uma temporada de vitórias ou um título de melhor do grupo, nada de um campeonato estadual, isso tudo é migalha. Esta cidade quer oitenta, noventa, talvez cem vitórias seguidas.

Neely olhou em volta rapidamente e voltou ao desjejum.

– Eu nunca entendi essa história – ele disse. – São todos boa gente, mecânicos, caminhoneiros, vendedores de seguros, construtores, talvez um advogado, talvez um banqueiro. Cidadãos sólidos de cidade pequena, mas não exatamente especiais. Quero dizer, ninguém aqui está ganhando um milhão de dólares. Mas tem que vencer o campeonato estadual todos os anos, certo?

– Certo.

– Eu não entendo.

– A razão é a vontade de se gabar. Do que mais eles podem se gabar?

– Não admira que adorem Rake. Ele pôs a cidade no mapa.

– Coma alguma coisa.

Um homem com avental sujo se aproximou da mesa com uma pasta na mão. Apresentou-se como irmão de Maggie Renfrow, agora o *chef* do café, e abriu a pasta. Dentro estava uma foto colorida dez por quinze de Neely na Tech.

— Maggie sempre quis que você autografasse isto – ele disse.

Era uma foto esplêndida de Neely, agachado atrás de outro jogador, liderando a jogada, pronto para agir, avaliando a defesa. Um capacete roxo era visível no canto direito embaixo e Neely viu que o adversário era a A&M. A foto, que ele nunca tinha visto antes, fora tirada minutos antes de Neely sofrer a lesão.

– Claro – ele disse, pegando um lápis marcador negro da mão do *chef*.

Assinou o nome na parte de cima da foto e por um longo momento olhou para os olhos de um *quarterback* jovem e destemido, um astro fazendo hora na Tech enquanto a Liga Nacional de Futebol esperava. Ele podia ouvir os torcedores da Tech naquele dia, setenta e cinco mil pessoas gritando forte e desesperadamente pela vitória, orgulhosos do seu time invicto, entusiasmados porque pela primeira vez em muitos anos tinham um *all-American* como *quarterback*.

De repente sentiu saudades daquele tempo.

– Bela foto – ele conseguiu dizer, devolvendo-a para o *chef* que imediatamente a pregou debaixo da foto maior de Neely.

– Vamos sair daqui – Neely disse, limpando a boca com o guardanapo. Pôs algum dinheiro na mesa e eles começaram a sair rapidamente. Ele inclinava a cabeça, sorria amavelmente para os fregueses, conseguiram escapar sem que ninguém os impedisse.

– Por que você fica tão nervoso perto dessa gente? – Paul perguntou quando estavam na rua.

– Não quero falar de futebol, está bem? Não quero que me digam que eu era incrível.

Seguiram de carro pelas ruas silenciosas em volta da praça, passaram pela igreja onde Neely fora batizado, pela igreja onde Paul tinha casado e pelo belo prédio de pé direito alto na rua Dez, onde Neely tinha morado dos oito anos até ir para a Tech. Seus pais venderam o apartamento para um ianque que tinha vindo a Messina para dirigir a fábrica de papel que fica a oeste da cidade. Passaram pela casa de Rake devagar, como se pudessem ouvir as últimas notícias apenas passando pela rua. A entrada da casa estava repleta de carros, a maioria com placas de outros estados, Neely e Paul supuseram que eles pertenciam a amigos e familiares de Rake. Passaram pelo parque onde tinham jogado beisebol na Liga Infantil e futebol na Pop Warner.

E lembraram das histórias. Uma delas, agora uma lenda em Messina, era sobre Rake, claro. Neely, Paul e um punhado de amigos brincavam, jogando um futebol barulhento e desordenado quando viram um homem a distância, perto da linha da barreira do campo de beisebol, observando atentamente seu jogo. Quando terminaram, ele se aproximou e se apresentou como treinador Eddie Rake. Os garotos ficaram atônitos.

– Você tem um bom braço – ele disse para Neely, que ficou sem saber o que responder. – Gosto dos seus pés também.

Todos olharam para os pés de Neely.

– Sua mãe é tão alta quanto seu pai? – o treinador Rake perguntou.

– Quase – Neely conseguiu dizer.

– Ótimo. Você pode ser um bom *quarterback* dos Spartans – Rake sorriu para os meninos e foi embora.

Neely tinha onze anos naquela época.

Pararam no cemitério.

A chegada da temporada de 1992 provocou grande preocupação em Messina. No ano anterior o time perdera três jogos, um desastre cívico que deixou o povo resmungando enquanto comia biscoitos no Renfrow, galinha borrachuda nos almoços do Rotary e bebia cerveja barata nos bares fora da cidade. E havia só alguns formandos no time. Sempre um mau sinal. Era um alívio quando jogadores fracos se formavam.

Se Rake sentia a pressão, certamente não demonstrava. Nesse tempo ele treinava os Spartans há mais de três décadas e já tinha visto de tudo. Seu último título estadual, o de número treze, fora em 1987, por isso os torcedores locais sofriam a seca que já durava três anos. Já tinham passado por coisa pior. Estavam mal acostumados e queriam cem vitórias seguidas; Rake, depois de trinta e quatro anos, não se importava mais com o que eles queriam.

O time de 92 tinha poucos jogadores de talento e todos sabiam disso. O único astro era Randy Jaeger, que jogava na lateral, bem por fora, onde ele pegava tudo que o *quarterback* conseguia jogar na sua direção, o que não era grande coisa.

Numa cidade do tamanho de Messina, o talento aparecia em ciclos. Num momento ascendente, como em 1987, com Neely, Silo, Paul, Alonzo Taylor e quatro lenhadores agressivos na defesa, os resultados apareciam.

Entretanto, a grandeza de Rake consistia em vencer com jogadores pequenos e lentos. Ele treinava jogadores com pouco talento e ainda assim conseguia bons resultados. Ele fazia os magros trabalharem mais e poucos times conseguiram igualar a garra que Rake levou para o campo em agosto de 1992.

Depois de um péssimo treino na tarde de sábado, Rake esbravejou com a equipe e marcou outro treino para a manhã de domingo, coisa que raramente fazia porque, em anos anteriores, tinha contrariado o pessoal que ia à igreja. O treino seria às oito horas da manhã, para que os garotos tivessem tempo de ir à igreja, se pudessem. Rake estava furioso com o que considerava falta de condicionamento, o que era uma piada, uma vez que todos os times de Messina faziam centenas de corridas puxadas.

Shorts, enchimentos dos ombros, tênis de futebol, capacete, nenhum contato, apenas condicionamento. Às oito horas a temperatura era de trinta graus, com muita umidade e um céu sem nuvens. Eles fizeram alongamento e correram dois quilômetros na pista, só para aquecimento. Todos estavam encharcados de suor quando Rake os chamou para mais dois quilômetros.

O segundo lugar na lista de torturas temidas, logo depois da Maratona dos Spartans, era o assalto às arquibancadas. Todos sabiam o que significava e quando Rake gritava: "arquibancadas", a metade do time queria desistir.

Seguindo Randy Jaeger, o capitão, os jogadores formavam relutantemente uma fila indiana e começavam a correr em volta da pista. Quando a fila se aproximava dos lugares dos visitantes, Jaeger passava por um portão e começava a subir os vinte degraus das arquibancadas, depois seguiam pelo corrimão superior e desciam vinte degraus até a seção seguinte. Eram oito seções só deste lado. Então retornavam à pista, davam a volta pela extremidade do campo até as arquibancadas destinadas aos torcedores locais. Cinqüenta degraus para cima, ao longo do corrimão superior, cinqüenta degraus para baixo, para cima e para baixo, para cima e para baixo, por mais oito seções, e então de volta à pista para outra volta.

Depois de uma volta estafante, os *linebackers* começavam a ficar para trás, e Jaeger, capaz de correr para sempre, estava muito à frente. Rake rosnava na pista, com o apito pendurado no pescoço, e gritava com os retardatários. Ele adorava o som de cinqüenta jogadores subindo e descendo as arquibancadas. "Vocês não estão em forma", ele dizia, em voz apenas suficientemente alta para ser ouvida. "São o grupo mais lerdo que já vi", resmungava outra vez com voz quase inaudível. Rake era famoso por seus grunhidos, que sempre podiam ser ouvidos.

Depois da segunda volta, um jogador caiu na grama e começou a vomitar. Os jogadores mais pesados moviam-se cada vez mais devagar.

Scotty Reardon era um jogador secundarista que naquele mês de agosto pesava setenta quilos e meio, mas, quando foi autopsiado, pesava sessenta e quatro quilos. Na terceira volta pelas arquibancadas, ele caiu entre a terceira e a quarta fileira, no lado dos torcedores locais, e nunca mais recobrou a consciência.

Como era manhã de domingo e um treino sem contato, os outros dois treinadores estavam ausentes, por ordem de Rake. Também não havia uma ambulância por perto. Mais tarde os jogadores contaram que Rake segurou a cabeça do garoto no colo enquanto todos esperavam uma eternidade para ouvir a sirene. Mas ele já estava morto nas arquibancadas e certamente chegou ao hospital sem vida. Foi insolação.

Paul contava a história enquanto andavam pelas aléias sinuosas e sombreadas do cemitério de Messina. Numa seção nova, na encosta de uma colina íngreme, as lajes eram menores, as fileiras mais regulares. Ele indicou uma com a cabeça e Neely ajoelhou-se para ler. Randall Scott Reardon. Nascido em 20 de junho de 1977. Morto em 21 de agosto de 1992.

– E eles vão enterrar o Rake ali? – Neely perguntou, apontando para um terreno vazio ao lado de Scotty.

– É o que estão dizendo – Paul disse.

– Esta cidade gosta mesmo de espalhar boatos.

Mais alguns passos e chegaram a um banco de ferro sob um pequeno olmo, sentaram e olharam para a laje de Scotty.

– Quem teve a coragem de despedi-lo? – Neely perguntou.

– O garoto errado morreu. A família de Scotty tinha algum dinheiro de negócios com madeira. O tio dele, John Reardon, foi eleito superintendente de Educação em 89. Muito bem conceituado, muito inteligente, um político hábil e a única pessoa com autoridade para despedir Eddie Rake. Então ele o despediu. A cidade, como você pode imaginar, ficou chocada com a notícia da morte, e quando o povo soube dos detalhes, houve alguns resmungos sobre Rake e seus métodos.

– Sorte que ele não matou todos nós.

– Na segunda-feira foi feita a autópsia, um caso claro

de insolação. Não havia nenhuma condição preexistente, nenhum problema físico. Um garoto de quinze anos perfeitamente saudável sai de casa às sete e meia de certa manhã de domingo para uma sessão de duas horas de tortura e não volta para casa. Pela primeira vez na história desta cidade, o povo perguntou: "Por que exatamente você faz os garotos correrem numa sauna até começarem a vomitar?"

– E a resposta foi...?

– Rake não teve respostas. Rake não disse nada. Rake ficou em casa tentando esperar que a tempestade passasse. Muita gente, incluindo muitos dos que jogaram para ele, pensava: "Bem, finalmente Rake matou um garoto". Mas muitos teimosos diziam: "Que diabo, aquele garoto não era forte bastante para jogar nos Spartans." A cidade ficou dividida. A situação ficou feia.

– Eu gosto desse tal de Reardon – Neely disse.

– Ele é durão. Na noite de segunda-feira, bem tarde, ele ligou para Rake e o despediu. Tudo explodiu na terça-feira. Rake, tipicamente, não podia suportar a idéia de perder de modo algum, por isso começou a telefonar para os torcedores.

– Sem remorso?

– Quem sabe o que ele sentia? O funeral foi um pesadelo, você pode imaginar. Os garotos choravam, alguns desmaiaram. Os jogadores vestiam camisas verdes. A banda tocou bem aqui, durante a cerimônia, ao lado do túmulo. Todos olhavam para Rake, que estava arrasado.

– Rake era um grande ator.

– E todos sabiam disso. Menos de vinte e quatro horas depois de ser despedido, portanto, o funeral acrescentou força ao drama da sua partida. Foi um grande show, que ninguém perdeu.

– Eu gostaria de estar aqui.

– Onde você estava?

– No verão de 92? Em algum lugar do oeste. Provavelmente Vancouver.

– Os torcedores tentaram uma reunião geral na quarta-feira, no ginásio do colégio. Reardon disse: "Não neste campus". Então eles foram para o Clube dos Veteranos e relembraram as glórias de Eddie Rake. Alguns mais exaltados ameaçaram cortar a ajuda monetária, boicotar os jogos, fazer passeatas na frente do escritório de Reardon, e até fundar um novo colégio onde, suponho, iam venerar Rake.

– Rake estava presente?

– Oh, não. Ele mandou Rabbit. Limitou-se a ficar em casa dando telefonemas. Rake acreditava realmente que podia exercer pressão suficiente para recuperar o emprego. Mas Reardon não cedeu. Recorreu aos auxiliares e nomeou Snake Thomas chefe dos treinadores. Snake recusou o cargo e Reardon o despediu. Donnie Malone também disse não. Reardon o despediu. Upchurch também. Reardon o despediu.

– Gosto cada vez mais desse cara.

– Finalmente, os irmãos Griffin disseram que ocupariam o cargo até Reardon encontrar outra pessoa. Eles jogaram para Rake no fim dos anos 70.

– Lembro deles. Tinham um pomar de nozes-pecãs.

– Esses mesmos. Grandes jogadores, bons sujeitos, e como Rake nunca mudou coisa alguma, eles conheciam o sistema, as jogadas e a maioria dos jogadores. Chegou a sexta-feira, o primeiro jogo da temporada. Estávamos enfrentando Porterville e o boicote continuava. O problema era que ninguém queria perder o jogo. O pessoal de Rake, provavelmente a maioria, não podia deixar de assistir, porque queria que o time fosse massacrado. Os verdadeiros torcedores estavam lá por razões legítimas. O estádio estava lotado, como sempre, com demonstrações de lealdade gritadas em todas as direções. Os jogadores estavam abalados. Dedicaram o jogo a Scotty e ganharam por quatro *touchdowns*. Foi uma noite maravilhosa. Triste por causa de Scotty e triste porque a era de Rake aparentemente estava acabada, mas ganhar é tudo.

– Este banco é duro – Neely disse, levantando-se. – Vamos andar.

– Enquanto isso, Rake contratou um advogado. Deram entrada num processo, o conflito ficou feio. Reardon continuou firme, e a cidade, embora profundamente dividida, ainda conseguia se reunir todas as sextas-feiras à noite. O time jogava com mais entusiasmo e coragem do que nunca. Anos mais tarde, um garoto que eu conheci disse que era um alívio muito grande jogar futebol pelo puro prazer do jogo e não por medo.

– Isso não é uma beleza?

– Nós nunca chegamos a saber.

– Não, nunca.

– Eles ganharam os oito primeiros jogos. Invictos. Nada tinham, além de orgulho e coragem. Falavam em um título estadual. Falavam em uma nova Maré de Sorte. Falavam em pagar aos Griffins muito dinheiro para começar uma nova dinastia. Todas essas bobagens.

– Então eles perderam?

– Claro. Futebol é assim mesmo. Alguns garotos começam a pensar que são bons e acabam se dando mal.

– Para quem eles perderam?

– Hermantown.

– Não! É um colégio de basquete!

– Ganharam bem aqui, na frente de dez mil torcedores. O pior jogo que já vi. Sem orgulho, sem coragem, você tinha que ver os recortes do jornal. Esqueçam a Maré de Sorte. Esqueçam o título estadual. Despeçam os Griffins. Tragam Eddie Rake de volta. As coisas iam mais ou menos bem quando estávamos ganhando, mas aquela derrota cortou esta cidade ao meio durante muitos anos. E quando perdemos na semana seguinte, não nos qualificamos para as eliminatórias. Os Griffins foram embora imediatamente.

– Rapazes espertos.

– Nós, os que jogamos para Rake, fomos apanhados no meio. Todos perguntavam: "de que lado você está?" Nada de ficar em cima do muro, amigo, você tinha de declarar se era a favor de Rake ou contra ele.

– E você?

– Fiquei em cima do muro e fui chutado dos dois lados. A coisa se transformou em uma guerra de classes. Sempre houve um pequeno grupo que se opunha a gastar dinheiro com futebol, em vez de gastar com ciência e matemática. Viajávamos em ônibus alugados enquanto em todos os clubes acadêmicos eram os pais que faziam o transporte. Durante anos as garotas não tiveram campo de softball, enquanto nós tínhamos não um, mas dois campos de treino. O Clube Latino se qualificou para uma viagem a Nova York mas não podia pagar. No mesmo ano, o time de futebol tomou o trem para assistir ao Super Bowl em Nova Orleans. A lista é interminável. A demissão de Rake fez com que essas queixas aparecessem e ficassem mais intensas. Os que queriam diminuir a ênfase nos esportes viram sua oportunidade. Os fanáticos por futebol resistiram, eles só queriam Rake e outra maré de sorte. Nós, que jogávamos no colégio, fomos para a universidade e éramos considerados de certo modo esclarecidos, ficamos no meio.

– O que aconteceu?

– A cidade ferveu lentamente durante meses. John Reardon continuou firme. Ele encontrou uma alma perdida de Oklahoma que queria ser treinador e o contratou como sucessor de Eddie Rake. Infelizmente, 1993 foi ano de eleição, e todo o conflito se tornou uma enorme luta política. Havia fortes boatos de que Rake concorreria à eleição contra Reardon. Se ele fosse eleito se sagraria treinador outra vez e mandaria todo o mundo à merda. Havia boatos de que o pai de Scotty gastaria um milhão de dólares para reeleger John Reardon. E assim por diante. A corrida ficou feia antes de começar, tão feia que Rake quase não conseguiu encontrar um candidato.

– Quem disputou com Reardon?

– Dudley Duran.

– O nome é promissor...

– O nome era a melhor parte. Ele é um corretor de imóveis local bem-sucedido, um grande torcedor de futebol. Sem experiência política, sem experiência educacional, mal terminou a faculdade. Tinha um indiciamento criminal, mas nenhuma condenação. Era um perdedor que quase ganhou.

– Reardon foi eleito?

– Por sessenta votos. O comparecimento às urnas foi o maior na história do município, quase noventa por cento. Foi uma guerra sem prisioneiros. Quando o vencedor foi anunciado, Rake foi para casa, trancou a porta e ficou escondido durante dois anos.

Pararam na frente de uma fileira de túmulos. Paul andou entre eles procurando alguém.

– Aqui – ele disse, apontando – David Lee Goff. O primeiro jogador dos Spartans a morrer no Vietnã.

Neely olhou para a laje. Tinha uma foto de David Lee parecendo ter dezesseis anos, posando não com uniforme do Exército ou para um retrato de formatura, mas com a camisa verde dos Spartans, número 22. Nascido em 1950, morto em 1968.

– Eu conheço o irmão mais novo dele – Paul disse. – David Lee se formou em maio, entrou para o Exército em junho, chegou ao Vietnã em outubro, morreu no dia seguinte. Era dia de Ação de Graças. Tinha dezoito anos e dois meses de idade.

– Dois anos antes de nascermos.

– Mais ou menos. Houve outro que ainda não foi encontrado. Um garoto negro, Marvin Rudd, dado como morto em ação em 1970.

– Lembro de Rake falar de Rudd – Neely disse.

– Rake adorava o garoto; os pais dele ainda assistem a todos os jogos e dá para imaginar o que estão sentindo.

– Estou farto de mortes – Neely disse. – Vamos embora.

Neely não lembrava de existirem livrarias em Messina, e nem lugares para tomar um café expresso ou comprar grãos de café do Quênia. Agora a loja de Nat tinha as três coisas, além de revistas, charutos, CDs, cartões provocantes, chás de erva de origem duvidosa, sanduíches vegetarianos, sopas e um lugar de reunião para poetas e cantores de música folclórica, além dos supostos boêmios da cidade. Ficava na praça, quatro portas depois do banco de Paul, num prédio que vendia ração e fertilizantes quando Neely era pequeno. Paul tinha de tratar de alguns empréstimos, por isso Neely foi sozinho.

Nat Sawyer tinha sido o pior *punter* que os Spartans já tiveram. Sua média de jardas por chute era recorde de pouca força e ele perdia tantas bolas que normalmente Rake só determinava a jogada no quarto e oitavo, independente de onde estava a bola. Com Neely como *quarterback*, um bom *punter* não era necessário.

Duas vezes no seu último ano como jogador, Nat não tinha conseguido acertar a bola ao tentar chutar, estrelando um dos mais assistidos vídeos da história. A segunda vez, que na verdade consistiu em dois erros no mesmo lance, teve como resultado um cômico *touchdown* de noventa e quatro jardas que demorou, segundo a marcação precisa do tempo no vídeo, 17,3 segundos. De pé, nervoso, Nat apanhou a bola, soltou, chutou o ar e depois foi massacrado por dois defensores de Grove City. Enquanto a bola girava calmamente no chão perto dele, Nat se refez, pegou a bola e começou a correr. Os dois jogadores, perplexos, iniciaram uma perseguição confusa e Nat tentou desajeitadamente chutar a bola mais uma vez. Quando errou o chute, pegou a bola outra vez e a corrida recomeçou. O espetáculo daquela gazela deselegante e aterrorizada correndo pelo campo, imobilizou a maioria dos jogadores dos dois times. Mais tarde, Silo Mooney afirmou que riu tanto que nem conseguiu bloquear os oponentes para seu jogador poder chutar. Jurou ter ouvido risadas debaixo dos capacetes dos jogadores da equipe de Grove City.

No vídeo os treinadores contaram dez tentativas frustradas de impedir a corrida do adversário. Quando finalmente Nat chegou à zona final, tirou o capacete e correu para o lado dos torcedores, para que eles pudessem admirá-lo de perto.

Rake lhe deu um prêmio pelo *Touchdown* Mais Feio do Ano.

Na décima série, Nat tentou jogar na defesa, atrás do gol, mas ele não corria bem e detestava se chocar com o adversário. Na décima primeira série, tentou outra posição, mas Neely o acertou no estômago, na corrida, e ele ficou alguns minutos sem poder respirar. Poucos jogadores de Rake foram amaldiçoados com tão pouco talento. Em nenhum jogador de Rake o uniforme caía tão mal.

Na vitrina cheia de livros, estavam anunciados o cardápio do café e do almoço. A porta rangeu, um sino tilintou e por um momento Neely voltou ao passado. Sentiu então o primeiro cheiro de incenso e teve certeza de que aquele lugar pertencia a Nat. O próprio dono, carregando uma braçada de livros, saiu do meio de duas estantes desordenadas e com um sorriso disse:

– Bom-dia. Procurando alguma coisa?

Parou de repente e deixou os livros caírem.

– Neely Crenshaw! – Adiantou-se, desajeitado como quando tentava chutar a bola; os dois se abraçaram, um abraço atrapalhado no qual Neely teve o bíceps espetado por um cotovelo agudo. – Que legal ver você! – Nat disse efusivamente e por um segundo seus olhos ficaram úmidos.

– É bom ver você também, Nat – Neely disse, um pouco embaraçado. Felizmente naquele momento havia apenas outro freguês.

– Está olhando para meus brincos, não está? – Nat disse, recuando um passo.

– Bem, sim, você tem mesmo uma coleção. – Em cada orelha Nat usava pelo menos cinco brincos prateados.

– Os primeiros brincos masculinos de Messina, o que acha disso? E o primeiro rabo-de-cavalo. E a primeira loja gay. Não está orgulhoso de mim? – Nat sacudiu o cabelo longo e negro para mostrar o rabo-de-cavalo.

– Claro, Nat. Você está ótimo.

Nat o examinou dos pés à cabeça, os olhos brilhando como se estivesse há horas tomando café.

– Como está seu joelho? – perguntou, olhando em volta como se a lesão fosse segredo.

– Destruído para sempre, Nat.

– O filho-da-puta acertou você depois da jogada, eu vi. – Nat falava com a autoridade de quem estava na lateral naquele dia, na Tech.

– Isso foi há muito tempo, Nat. Em outra vida.

– Que tal um café? Tenho um da Guatemala que deixa ligadão.

Andaram para os fundos, entre as estantes e os mostruários, onde um bistrô pareceu surgir do nada. Nat quase correu para trás do balcão e começou a escolher os utensílios. Neely sentou numa banqueta e só ficou olhando. Nenhum movimento de Nat era gracioso.

– Dizem que ele tem menos de vinte e quatro horas – Nat disse, levantando um pequeno bule.

– Boatos sempre são dignos de confiança por aqui, especialmente sobre Rake.

– Não, dessa vez não é um simples boato, veio de dentro da casa. – O desafio em Messina não era saber a última fofoca, mas ter a melhor fonte. – Quer um charuto? Tenho alguns cubanos contrabandeados. Mais um produto especial.

– Não, obrigado, eu não fumo.

Nat estava pondo água numa grande máquina italiana.

– No que você trabalha? – ele disse, virando a cabeça para trás.

– Com imóveis.

– Que coisa mais original, cara.

– Dá para pagar as contas. Sua loja é muito legal, Nat. Curry me disse que você vai indo muito bem.

– Estou só tentando trazer alguma cultura para este deserto. Paul me emprestou trinta mil dólares para começar, dá para acreditar? Tudo que eu tinha era uma idéia e oitocentos dólares e, é claro, minha mãe se dispôs a assinar a promissória.

– Como vai ela?

– Muito bem, obrigado. Ela se recusa a envelhecer. Ainda leciona na terceira série.

Quando a máquina começou a funcionar, Nat encostou-se na pequena pia e passou a mão no bigode espesso.

– Rake vai morrer, Neely, dá pra acreditar? Messina sem Eddie Rake. Ele começou a treinar aqui faz quarenta anos. Metade do povo deste país não tinha nascido ainda.

– Você tem visto ele?

– Ele vinha muito aqui, mas quando ficou doente se trancou em casa para morrer. Ninguém viu Rake nos últimos seis meses.

Neely olhou em volta.

– Rake vinha aqui?

– Rake foi meu primeiro freguês. Ele me encorajou a abrir este lugar, me incentivou dizendo: "Não tenha medo, trabalhe mais do que os outros, nunca desista." A mesma lenga-lenga dos intervalos dos jogos. Quando abri a loja ele gostava de entrar sorrateiramente de manhã para tomar café. Acho que pensava que a essa hora era mais seguro, porque não tinha muita gente. A maioria dos caipiras tinha medo de pegar AIDS quando passava pela frente da loja.

– Quando você abriu?

– Tem sete anos e meio. Não conseguia nem pagar a conta de luz nos dois primeiros anos, mas aos poucos a coisa melhorou. Correu o boato de que era o lugar favorito de Rake e a cidade ficou curiosa.

– Acho que o café está pronto – Neely disse quando a máquina sibilou. – Eu nunca vi Rake lendo um livro.

Nat serviu duas xícaras pequenas com pires e pôs no balcão.

– O cheiro é poderoso – Neely disse.

– Devia precisar de uma receita médica. Um dia Rake me perguntou o que eu achava que ele gostaria de ler. Dei a ele um Raymond Chandler. No dia seguinte ele apareceu e pediu outro. Rake adorou o livro. Então eu dei Dashiell Hammett. Depois ele ficou maluco por Elmore Leonard. Eu abro a loja às oito, poucas livrarias fazem isso, e uma ou duas vezes por semana Rake aparecia bem cedo. Sentávamos naquele canto e falávamos sobre livros, nunca sobre futebol ou política, nem fofocas. Só livros. Ele gostava de histórias de detetives. Quando ouvíamos a sineta da porta da frente ele saía pelos fundos e ia para casa.

– Por quê?

Nat tomou um longo gole de café; a xícara pequena desaparecia nas profundezas do bigode despenteado.

– Não falávamos muito sobre isso. Rake ficava constrangido por ter sido demitido daquele jeito. Ele tem um orgulho enorme, uma coisa que nos ensinou. Mas também se sentia responsável pela morte de Scotty. Muita gente culpou ele e sempre vai culpar. Isso é uma coisa muito pesada para se carregar, cara. Gostou do café?

– Bem forte. Você sente falta dele?

Outro gole lento.

– Como é possível não sentir falta de Rake quando se jogou para ele? Vejo seu rosto todos os dias. Ouço a voz dele. Sinto até o cheiro do suor dele. Sinto Rake batendo em mim, quando estava sem os enchimentos protetores. Posso imitar seu resmungo, seus rosnados, sua fúria. Lembro das suas histórias, discursos, lições. Lembro das quarenta jogadas e dos trinta e oito jogos em que usei a camisa do time. Meu pai morreu há quatro anos e eu amava ele muito, mas, e é difícil dizer isso, fui menos influenciado por ele do que por Eddie Rake. – Nat parou de falar para servir mais café. – Mais tarde, quando abri este lugar e passei a conhecer ele como algo mais do que uma lenda, sem me preocupar mais com seus gritos sempre que eu errava, passei a adorar aquele velho ranzinza. Eddie Rake não é uma pessoa doce, mas é humano. Ele sofreu muito depois da morte de Scotty e não tinha ninguém que o apoiasse. Ele rezava muito, ia à missa todas as manhãs. Acho que os livros de ficção ajudaram, eram um novo mundo. Rake mergulhou nos livros, em centenas deles, talvez mil. – Deu um pequeno gole de café. – Sinto falta dele, sentado ali falando sobre livros e autores, para não ter de falar sobre futebol.

A sineta da porta tilintou suavemente a distância. Nat deu de ombros e disse:

– Eles sempre chegam. Você quer um bolinho ou alguma outra coisa?

– Não. Comi no Renfrow. Lá tudo continua igual. A mesma gordura, o mesmo cardápio, as mesmas moscas...

– Os mesmos fanáticos sentados reclamando porque o time não está invicto.

– Isso mesmo. Você vai aos jogos?

– Não. Quando se é o único cara gay assumido numa cidade como esta, não se gosta de multidões. As pessoas apontam, cochicham e afastam os filhos, embora eu esteja acostumado, prefiro evitar a cena. E teria de ir sozinho, o que não tem graça, ou levaria um namorado, e isso ia parar o jogo. Pode me imaginar andando de mãos dadas com um garoto bonitinho? Eles apedrejariam a gente.

– Como conseguiu se assumir nesta cidade?

Nat pôs a xícara no balcão e enfiou as mãos nos bolsos da calça jeans muito engomada e bem passada.

– Não me assumi aqui, cara. Depois de me formar, eu migrei para Washington, onde não demorei a descobrir o que sou e quem sou. Não me assumi de fininho, Neely, eu me revelei na porrada. Arranjei emprego numa livraria e aprendi o negócio. Levei uma vida livre durante cinco anos, me diverti pra valer, mas então cansei da cidade. Pra ser franco, fiquei com saudades de casa. A saúde do meu pai ia mal e eu precisava voltar pra casa. Tive uma longa conversa com Rake. Contei a verdade a ele. Eddie Rake foi a primeira pessoa daqui com quem me abri.

– Qual foi a reação dele?

– Rake disse que não sabia muita coisa sobre os gays, mas se eu sabia quem eu era, então que todo mundo fosse à merda. "Vá viver sua vida, filho", ele disse. "Alguns vão odiar você, outros vão te amar, a maioria não resolveu ainda. Depende de você."

– Isso parece mesmo o Rake.

– Ele me deu coragem, cara. Aí me convenceu a abrir este lugar e quando eu tinha certeza de ter entrado numa furada, Rake começou a aparecer por aqui e a novidade se espalhou. Espere um segundo, não vá embora. — Nat foi à frente da loja, onde uma velha senhora o esperava. Ele a chamou pelo primeiro nome com voz doce e logo os dois estavam ocupados procurando um livro.

Neely foi para o outro lado do balcão e se serviu de mais café. Quando voltou, Nat disse:

– Era a sra. Underwood, antiga dona do tintureiro.

– Sim, eu me lembro.

– Cento e dez anos e gosta de livros eróticos de faroeste! Figuraça! Você aprende todo tipo de coisa boa quando tem uma livraria. Ela acha que pode comprar de mim porque eu tenho meus segredos. Além disso, com cento e dez anos ela não deve se importar mais com nada.

Nat pôs um bolinho quente de fruta num prato e deixou no balcão.

– Sirva-se – ele disse, cortando o bolinho em pedaços. Neely pegou um pedaço pequeno.

– Você mesmo faz? – ele perguntou.

– Todas as manhãs. Compro congelado, levo ao forno. Ninguém percebe a diferença.

– Nada mal. Você costuma ver Cameron?

Nat parou de mastigar e olhou intrigado para Neely.

– Por que você quer saber de Cameron?

– Vocês eram amigos. Só queria saber.

– Espero que a tua consciência ainda te incomode.

– Sim, incomoda.

– Ótimo. Espero que seja doloroso.

– Talvez. Às vezes.

– Nós nos correspondemos. Ela está bem, mora em Chicago. Casada, duas filhas pequenas. Repito, por que você perguntou?

– Não posso perguntar sobre uma das nossas colegas?

– Tinha quase duzentos alunos na nossa classe. Por que perguntou de Cameron primeiro?

– Por favor, me perdoe.

– Não, eu quero saber. Ora, vamos, Neely, por que perguntou sobre a Cameron?

Neely pôs na boca algumas migalhas do bolinho e esperou. Deu de ombros, sorriu e disse:

– Tudo bem, eu penso nela.

– Você pensa em Screamer?

– Como poderia esquecer?

– Você namorou ela, deve ter sido um prazer instantâneo, mas a longo prazo foi uma péssima escolha.

– Eu era jovem e idiota, admito. Mas sem dúvida foi divertido.

– Você era o *all-American*, Neely, podia escolher qualquer garota do colégio. Você deu um fora em Cameron só porque Screamer era gostosa. Eu te odiei por isso.

– O que é isso, Nat! Sério mesmo?

– Odiei você de verdade. Cameron era minha amiga desde o jardim-de-infância, antes de você vir para Messina. Ela sabia que eu era diferente e sempre me protegeu. Eu tentei fazer o mesmo, mas ela se apaixonou por você e foi um grande erro. Screamer decidiu que queria o *all-American*. As saias ficaram mais curtas, as blusas mais justas e você caiu na armadilha. Minha querida Cameron foi descartada.

– Desculpe por ter tocado no assunto.

– É isso aí, cara, vamos falar de outra coisa.

Por um longo e silencioso momento os dois não tiveram nenhum assunto.

– Espere até você ver ela – disse Nat.

– Continua linda, certo?

– Screamer parece uma garota de programa envelhecida, o que provavelmente ela é. Já Cameron é pura alta classe.

– Você acha que ela vem para o enterro?

– Provavelmente. Lila ensinou piano a ela durante anos.

Neely não tinha para onde ir, mas olhou para o relógio assim mesmo.

– Tenho de ir, Nat. Obrigado pelo café.

– Obrigado por vir, Neely. Foi um grande prazer.

Ziguezaguearam entre as estantes e mostruários. Neely parou na porta.

– Escute, alguns de nós vamos nos reunir nas arquibancadas hoje à noite, numa espécie de vigília, eu acho – ele disse. – Cerveja e histórias de guerra. Aparece por lá.

– Legal – Nat disse. – Obrigado.

Neely abriu a porta. Nat segurou o braço dele e disse:

– Neely, eu menti. Nunca odiei você.

– Devia ter odiado.

– Ninguém odiava você, Neely. Você era o nosso *all-American*.

– Esse tempo acabou, Nat.

– Não, não até Rake morrer.

– Diga a Cameron que eu gostaria de vê-la. Quero dizer uma coisa a ela.

Com um sorriso eficiente a secretária pôs uma prancheta em cima do balcão. Neely escreveu seu nome, a hora, a data e informou que ia visitar Bing Albritton, há muito tempo treinador do time de basquete feminino. A secretária examinou o formulário, não reconheceu seu rosto nem seu nome e finalmente disse:

– Provavelmente ele está no ginásio de esportes. A outra senhora da administração ergueu os olhos e também não reconheceu Neely Crenshaw.

O que ele achou bom.

Os corredores do Colégio Messina estavam silenciosos, as portas das classes todas fechadas. Os mesmos armários. A mesma cor nas paredes. O mesmo assoalho duro e brilhante com camadas de cera. O mesmo cheiro de desinfetante perto dos banheiros. Se entrasse em um deles sabia que ia ouvir a mesma água pingando, sentir o mesmo cheiro do cigarro proibido, ver a mesma fileira de mictórios manchados, provavelmente a mesma briga entre dois bagunceiros. No corredor passou pela classe de álgebra da srta. Arnett e ao olhar pela pequena janela da porta viu sua antiga professora, certamente quinze anos mais velha, sentada numa ponta da mesma velha mesa, ensinando as mesmas fórmulas.

Tinham se passado realmente quinze anos? Por um momento Neely se sentiu com dezoito anos outra vez, apenas um garoto que detestava álgebra e inglês e não precisava de nada que aquelas classes tinham para oferecer porque ia fazer fortuna no campo de futebol. A pressa e a agitação com que aqueles quinze anos passaram deixaram-no atordoado por um minuto.

Um zelador passou, um homem velho que fazia a limpeza desde que o prédio fora construído. Por uma fração de segundo ele pareceu reconhecer Neely, depois desviou os olhos e resmungou "bom-dia".

A entrada principal do colégio se abria para um átrio grande e moderno, construído quando Neely estava no segundo ano. O átrio ligava-se aos dois prédios mais antigos da escola e levava à entrada do ginásio de esportes. As paredes estavam repletas de retratos de formaturas, desde 1920.

O basquete era o segundo esporte em Messina, mas por causa do futebol a cidade estava tão acostumada a ganhar, que esperava vitórias intermináveis em todos os esportes. No fim dos anos setenta, Rake proclamou que o colégio precisava de um novo ginásio. Noventa por cento dos torcedores aprovaram o projeto e Messina orgulhosamente construiu a melhor arena de basquete do estado. A entrada não era nada mais do que uma exposição de esportistas famosos.

A peça de centro era uma vitrina de troféus, maciça e muito cara onde Rake tinha disposto seus treze pequenos monumentos. Treze títulos estaduais, de 1961 a 1987. Atrás de cada um havia uma grande foto do time com a lista dos resultados e manchetes recortadas e montadas com colagem. Havia bolas de futebol autografadas e camisas aposentadas, incluindo a de número 19. E havia uma porção de fotos de Rake – Rake com Johnny Unitas em algum evento fora da temporada, Rake com um governador aqui e outro ali, Rake com Roman Armstead, logo depois de um jogo com os Packers.

Por alguns minutos Neely ficou absorto com a exibição, embora a tivesse visto muitas vezes. Era um glorioso tributo a um treinador brilhante e a seus jogadores dedicados e, ao mesmo tempo, uma triste lembrança do que costumava ser. Certa vez ele ouvira alguém dizer que aquela entrada do ginásio era o coração e a alma de Messina. Era mais um relicário para Eddie Rake, um altar onde seus seguidores podiam adorá-lo.

Havia outras vitrinas de exibição ao longo das paredes da entrada. Mais bolas de futebol autografadas, de anos de menores sucessos. Troféus menores de equipes menos importantes. Pela primeira vez, e ele esperava que pela última, Neely sentiu uma pontada de pena daqueles garotos de Messina que tinham treinado e tiveram sucesso mas passaram despercebidos por ter escolhido um esporte menos importante.

O futebol era rei e isso nunca mudaria. Trazia glória e pagava as contas e era o que bastava.

Uma campainha estridente que parecia muito familiar soou perto sobressaltando Neely, trazendo-o de volta à realidade de que estava entrando na zona proibida, quinze anos depois do seu tempo. Voltou, atravessou o átrio e foi envolto pela fúria e pela multidão do intervalo do fim da manhã. Os corredores vibravam com os alunos empurrando, gritando, batendo as portas dos armários, descarregando hormônios e testosterona, acumulados nos últimos cinqüenta minutos de aula. Ninguém reconheceu Neely.

Um jogador grande e musculoso com pescoço muito grosso quase colidiu com ele. Vestia uma jaqueta verde e branca dos Spartans, o maior símbolo de status em Messina. Tinha o habitual andar arrogante de alguém que se acha dono do corredor, o que na realidade era, embora apenas por breve tempo. Impunha respeito. Esperava ser admirado. As meninas sorriam para ele. Os outros meninos abriam caminho para sua passagem.

"Volte dentro de alguns anos, grandalhão, e eles nem reconhecerão seu nome", Neely pensou. "Sua carreira fabulosa será uma nota de rodapé. Todas as meninas interessantes serão mães. A jaqueta verde será uma fonte de grande orgulho pessoal, mas você não poderá usá-la. Coisa de colégio. Coisa de criança."

Por que era tão importante no passado?

De repente Neely sentiu-se muito velho. Abriu caminho entre a multidão e saiu do colégio.

No fim da tarde, ele seguiu de automóvel lentamente pela estrada de cascalho que circundava Karr's Hill. Quando o acostamento ficou mais largo, ele parou. Lá embaixo, a uns duzentos metros, ficava o vestiário dos Spartans, e a distância, à direita, os dois campos de treinamento. Em um deles, o primeiro time do colégio treinava uniformizado, e no outro, o segundo time se exercitava. Treinadores apitavam e gritavam.

No Rake Field, Rabbit passava um cortador de grama verde e amarelo para frente e para trás na grama impecável, coisa que ele fazia todos os dias de março a dezembro. As líderes de torcida, na pista, atrás dos anúncios pintados para a guerra da noite de sexta-feira, ensaiavam alguns novos movimentos. Na extremidade do campo a banda se reunia para um rápido ensaio.

Pouca coisa tinha mudado. Treinadores diferentes, jogadores diferentes, líderes de torcida diferentes, estudantes diferentes na banda, mas eram ainda os Spartans no Rake Field, com Rabbit no cortador de grama, todos nervosos com o jogo de sexta-feira. Neely sabia que se voltasse dali a dez anos, o lugar e as pessoas estariam do mesmo modo.

Outro ano, outro time, outra temporada.

Era difícil acreditar que Eddie Rake fora reduzido a ponto de ter que sentar muito próximo de onde Neely estava agora para assistir ao jogo, tão longe que precisava do rádio para saber o que acontecia. Será que ele torcia pelos Spartans? Ou secretamente queria que eles perdessem todos os jogos, só por despeito? Rake era vingativo e capaz de guardar ressentimento durante anos.

Neely nunca tinha perdido ali. Seu time do primeiro ano passou invicto, o que, é claro, todos esperavam em Messina. Os calouros jogavam na noite de quinta-feira e atraíam mais torcedores do que os primeiros times. Os dois jogos que ele perdeu quando começou a jogar foram finais do estadual, ambos no campus da A&M. Seu time na oitava série tinha empatado com o Porterville em casa e isso foi o mais perto que Neely chegou de perder um jogo de futebol em Messina.

O empate fez com que o treinador Rake entrasse impetuosamente no vestiário para uma palestra dura sobre o significado do orgulho dos Spartans. Depois de aterrorizar um bando de garotos de treze anos, Rake substituiu o treinador deles.

As histórias voltavam à lembrança enquanto Neely olhava para o campo de treino. Sem nenhuma vontade de revivê-las, ele foi embora.

O homem que foi entregar um cesto de frutas na casa de Rake ouviu alguns comentários murmurados e logo toda a cidade soube que o treinador jamais voltaria do profundo estado de inconsciência no qual acabava de entrar.

No fim do dia, o boato chegou às arquibancadas, onde pequenos grupos de jogadores de diferentes times, em diferentes décadas, tinham se reunido para esperar.

Uns poucos estavam sozinhos, mergulhados nas lembranças de Rake e da glória há tanto tempo desaparecida.

Paul Curry estava de volta, com calça jeans, camisa de moletom e duas pizzas grandes mandadas por Mona para que os rapazes pudessem se sentir outra vez jovens naquela noite. Silo Mooney levou um isopor com cerveja. Hubcap não apareceu, o que não era surpresa. Os gêmeos Utley, Ronnie e Donnie, de fora da cidade, tinham ouvido dizer que Neely estava de volta. Quinze anos atrás eles eram idênticos *linebackers* de 80 quilos, cada um capaz de bloquear um carvalho.

Quando ficou escuro, eles viram Rabbit iniciar a jornada para os marcadores e acender as luzes no poste sudoeste. Rake ainda estava vivo, mas agora muito precariamente. Sombras longas desenharam-se no Rake Field e os antigos jogadores esperaram. Os corredores já tinham ido embora, o lugar estava quieto. Ocasionalmente ouvia-se uma risada vinda de um dos grupos espalhados pelas arquibancadas dos torcedores locais quando alguém contava uma velha história de futebol, mas na maior parte do tempo as vozes eram discretamente baixas. Rake estava inconsciente, seu fim se aproximava.

Nat Sawyer os encontrou. Levava alguma coisa numa caixa grande.

– Tem drogas aí, Nat? – Silo perguntou.

– Nada disso. Charutos.

Silo foi o primeiro a acender um cubano, depois Nat, depois Paul e finalmente Neely. Os gêmeos Utley não bebiam nem fumavam.

– Vocês não vão adivinhar o que eu encontrei – Nat disse.

– Uma namorada? – Silo disse.

– Cala a boca, Silo. – Nat abriu a caixa e tirou um grande toca-fitas portátil com rádio.

– Ótimo, um pouco de jazz, exatamente o que eu queria – Silo disse.

Nat ergueu uma fita cassete e anunciou.

– Este é Buck Coffey transmitindo o jogo do campeonato de 87.

– Não é possível – Paul disse.

– Sim, é. Escutei a noite passada pela primeira vez em anos.

– Eu nunca ouvi – Paul disse.

– Eu nem sabia que os jogos eram gravados – Silo disse.

– Tem muita coisa que você não sabe, Silo – Nat disse. Inseriu a fita no aparelho e começou a regular os botões. – Se vocês concordam, vamos pular o primeiro tempo.

Até Neely conseguiu rir. Ele tinha tido quatro bolas interceptadas e deixado uma bola cair no primeiro tempo. Os Spartans perdiam por 31-0 para o time maravilhosamente talentoso de East Pike.

A fita começou e a voz lenta e áspera de Buck Coffey cortou o silêncio das arquibancadas.

Buck Coffey aqui no intervalo, pessoal, no campus da A&M no que devia ser uma partida equilibrada entre dois times invictos. Não está sendo. East Pike está na frente em todas as categorias, exceto pênaltis e perda da bola. A contagem é de trinta e um a zero. Venho transmitindo os jogos dos Spartans de Messina nos últimos vinte e dois anos e não me lembro de terem ficado tão atrás no primeiro tempo.

– Onde o Buck está agora? – Neely perguntou.

– Ele se demitiu quando mandaram o Rake embora – Paul disse.

Nat aumentou um pouco o volume e a voz de Buck encheu o ar. Foi como um ímã para os jogadores de outras épocas. Randy Jaeger e dois dos seus companheiros do time de 1992 se aproximaram. Jon Couch, o advogado e Blanchard Teague, o optometrista, estavam outra vez com tênis de corrida, junto com mais quatro outros da era da Maré de Sorte. Mais uns doze foram chegando.

Os times voltam ao campo. Vamos fazer uma pausa para um comercial dos nossos patrocinadores.

– Eu cortei toda essa bobagem de patrocinadores – Nat disse.

– Ótimo – Paul disse.

– Você é um garoto muito esperto – Silo disse.

Estou olhando para a lateral de Messina e não vejo o treinador Rake. Na verdade, nenhum dos treinadores está em campo. Os times se alinham para o pontapé inicial do segundo tempo e os treinadores dos Spartans não estão em parte alguma. Isso é no mínimo muito estranho.

– Onde estavam os treinadores? – alguém perguntou. Silo deu de ombros mas não respondeu.

E essa era a grande pergunta feita em Messina e há quinze anos sem resposta. Era óbvio que os treinadores boicotaram o segundo tempo, mas por quê?

East Pike está atacando para o sul. Foi dado o chute. Foi curto e interceptado por Marcus Mabry no dezoito, que ziguezagueia para um lado, por trás de outro, corta para a frente, tem algum espaço e é derrubado na linha das trinta jardas, onde os Spartans tentarão criar algum ataque pela primeira vez nesta noite. Neely Crenshaw acertou três de quinze lançamentos no primeiro tempo. East Pike pegou mais dos seus passes do que os Spartans.

– Cretino – alguém disse.

– Pensei que ele estava do nosso lado.

– Sempre esteve, mas ele gostava mais de nós quando ganhávamos.

– Esperem só – Nat disse.

Ainda nenhum sinal de Eddie Rake nem dos outros treinadores. Isso é muito estranho. Os Spartans se separam e Crenshaw organiza seu ataque. Curry ao largo à direita, Mabry é o I-back. East Pike tem oito homens na área de lançamento, desafiando Crenshaw a atirar a bola. Aqui vai a bola, pela direita, Crenshaw finge atirar, corta para o meio do campo, vê um espaço, se choca com força, gira, livra-se de um bloqueio e está solto no quarenta, no quarenta e cinco, no cinqüenta e fora de campo no quarenta e um do East Pike, uma corrida de vinte e nove jardas! A melhor jogada da partida para o ataque dos Spartans. Talvez eles estejam voltando à vida.

– Cara, esses sujeitos atacavam de verdade – Silo disse em voz baixa.

– Eles tinham cinco jogadores de Primeira Divisão – Paul disse, lembrando o pesadelo do primeiro tempo –, quatro na defesa.

– Nem precisa me lembrar – Neely disse.

Os Spartans finalmente acordaram. Gritam uns com os outros enquanto se agrupam e a lateral agora está realmente a toda. Aí vêm eles, Crenshaw aponta para a esquerda e Curry abre caminho. Mabry aparece agora em movimento, vem a bola para Mabry que dispara pela extremidade por seis, talvez sete jardas. Os Spartans estão realmente ligados agora. Puxam uns aos outros para fora da área, batem nos capacetes uns dos outros. E, é claro, Silo Mooney discute com pelo menos três jogadores do East Pike. Isso é sempre um bom sinal.

– O que você estava dizendo, Silo?

– Que eles iam se foder.

– Vocês perdiam por trinta e um pontos.

– Isso mesmo – Paul disse. – É verdade. Nós ouvimos o que ele disse. Depois daquela segunda jogada, Silo começou a xingar.

Segundo e três. Crenshaw é o atirador. Joga a bola, uma pegada rápida de Mabry que ataca com força, gira, segue para a frente para o trinta, o vinte e sai de campo no dezesseis do East Pike! Três jogadas, cinqüenta e quatro jardas! E a linha do ataque dos Spartans está realmente afastando todos da bola. Primeiro down *dos Spartans –*

no primeiro tempo eles fizeram apenas cinco e só se adiantaram quarenta e seis jardas. Crenshaw está agora fazendo seu jogo, nada da lateral porque não há nenhum treinador lá. Abertura à esquerda com Curry por fora, Mabry no primeiro, Chenault em movimento, opção pela direita, a finta, a bola vai para Mabry, que é atacado na linha, passa pelo linebacker, *e corre para a linha das dez jardas. O relógio não pára, dez e cinco restando no terceiro tempo. Messina está a dez jardas de um* touchdown *e a mil quilômetros de um título estadual. Primeiro e gol, Crenshaw recua para dar o passe, joga para Mabry, que apanha no* backfield, *livra-se do bloqueio e abre para a direita. Não tem ninguém ali! Ele vai marcar ponto! Ele vai marcar ponto! E Marcus Mabry mergulha para o primeiro* touchdown *de Messina!* Touchdown *dos Spartans! A virada começou!*

Jon Couch disse:

– Quando marcamos, lembro de ter pensado: "É bom fazer um *touchdown*, mas não tem como a gente alcançar esses caras." O time de East Pike era muito bom.

Nat diminuiu o volume e disse:

– Eles erraram o pontapé inicial, não erraram?

Donnie:

– Isso mesmo, Hindu tocou na bola pelos quinze, estávamos enxameando como vespas. A bola ricocheteou por uns cinco minutos e finalmente rolou para fora da área na marca dos vinte.

Ronnie:

– Eles correram pelo *tailback* sem bloqueio, à direita, nada feito. Sem bloqueio à esquerda, nada feito. O três e o onze voltaram para passar, Silo derrubou o *quarterback* na linha das seis jardas.

Donnie:

– Infelizmente, ao fazer isso, o Silo jogou ele de cabeça no chão, quinze jardas, conduta antiesportiva, primeiro *down* para East Pike.

Silo:

– Foi uma decisão injusta.

Paul:

– Decisão injusta? Você tentou quebrar o pescoço dele!

Silo:

– Não, meu caro banqueiro. Eu só tentei matar o homem.

Ronnie:

– Estávamos doidos. Silo rosnava como um urso ferido. Hindu chorava, eu juro. Ele queria atropelar o primeiro que aparecesse em todas as jogadas, só para ter certeza de acertar alguém.

Donnie:

– Podíamos ter parado até o Dallas Cowboys.

Blanchard:

– Quem estava liderando a defesa?

Silo:

– Eu. Era simples, cobertura nas laterais, derrubar o ponta, oito caras na caixa, todos atacando, todos acertando alguém, limpamente ou não, não importava. Não era mais um jogo, era uma guerra.

Donnie:

– No terceiro e oito, Higgins, aquele lateral abusado que foi para a Clemson, cortou no meio em diagonal. O passe foi alto. Hindu entendeu perfeitamente, veio como um trem-bala e atingiu ele numa fração de segundo antes da bola chegar lá. Interferência de passe.

Paul:

– O capacete dele subiu seis metros no ar.

Couch:

– Estávamos a quarenta filas de distância e o barulho pareceu o de uma batida de carros.

Silo:

– Nós comemoramos. Tínhamos matado um deles. Marcaram falta por isso também.

Ronnie:

– Duas faltas, trinta jardas, não importava. Eles não iam fazer ponto, não importava onde jogassem a bola.

Blanchard:

– Vocês estavam convencidos de que eles não podiam marcar nenhum ponto?

Silo:

– Nenhum time jamais poderia ter marcado ponto contra nós naquele segundo tempo. Quando finalmente eles carregaram Higgins, de maca, para fora do campo, a bola estava na nossa linha de trinta jardas. Eles deram uma corrida que perdeu seis jardas, uma jogada que perdeu quatro, então o pequeno *quarterback* deles foi para o arremesso outra vez e nós marretamos ele.

Nat:

– O *punter* deles deixou cair uma na linha das três jardas.

Silo:

– Isso mesmo, eles tinham um bom *punter*. Nós, é claro, tínhamos você.

Nat aumentou o volume.

Faltam noventa e sete jardas para os Spartans. A menos de oito minutos do fim do terceiro quarto, nenhum sinal de Eddie Rake nem de qualquer outro treinador dos Spartans. Olhei para Crenshaw quando a bola estava com East Pike. Ele manteve a mão direita num balde de gelo durante todo o tempo, e o capacete na cabeça. Bola na esquerda para Mabry que não conseguiu muita coisa. As duas defesas estão simplesmente mandando todo mundo, o que deveria determinar o passe.

Silo:

– Não da linha de três jardas, seu cretino.

Paul:

– Coffey sempre quis ser treinador.

Arremesso para o lado direito, Mabry balança a bola, depois corta para o centro do campo, encontra uma grande abertura e está fora da área ao lado das dez jardas.

Couch:

– Só por curiosidade, Neely, você sabe qual jogada você cantou em seguida?

Neely:

– Claro, opção pela direita. Eu interpretei a opção, fingi jogar para Chenault, fingi jogar para Hubcap, e cortei para o fim do campo por onze jardas. A linha atacante massacrava os jogadores.

Primeiro e dez para os Spartans, que passam pelo bloqueio e correm para a linha adversária. Esse agora é um time diferente, minha gente.

Paul:

– Não sei por que Buck estava no rádio. Ninguém ouvia. A cidade toda estava no campo.

Randy:

– Não, engano seu. Todo mundo estava ouvindo. No segundo tempo tentávamos descobrir o que tinha acontecido com o treinador Rake, por isso todos os torcedores de Messina estavam com os rádios grudados nos ouvidos.

Lançamento para Chenault, que consegue se adiantar três ou quatro jardas. Ele apenas abaixou o capacete e foi atrás de Silo Mooney, que está marcado por dois oponentes.

Silo:

– Só dois! Que insulto. O segundo cara era um desgraçado pequeno com cara de mau, pesava cerca de 80 quilos, e se achava malvado pra cacete. Entrou no jogo xingando. Ia sair já, já.

Arremesso para Mabry, à direita por fora outra vez e ele consegue algum espaço, segue para as trinta e fora de campo. Um garoto do East Pike é tirado da frente.

Silo:

– É ele.

Blanchard:

– O que foi que você fez?

Silo:

– O jogo foi para a direita, para longe de nós. Eu bloqueei o cara e derrubei ele, depois apoiei um joelho no seu estômago. Ele gritou como um leitão. Durou ainda três jogadas. Não voltou mais.

Paul:

– Eles podiam ter marcado falta contra nós por violência desnecessária em todas as jogadas, ofensivas ou defensivas.

Neely:

– Enquanto o arrastavam para fora do campo, Chenault me disse que o atacante da esquerda deles não estava se movimentando muito bem. Tinha alguma coisa errada, talvez um tornozelo torcido, o cara estava sentindo dor, mas não queria deixar o jogo. Então caímos em cima dele cinco vezes seguidas, na mesma jogada. Seis, sete jardas, um lançamento baixo para Marcus, só procurando alguém para atacar. Eu entregava a bola e assistia à carnificina.

Silo:

– Aumenta o volume, Nat.

Primeiro e dez na linha das trinta e oito do East Pike. Os Spartans movimentam a bola, sem dúvida estão jogando contra o relógio. Nem um único passe até agora no segundo tempo. Faltam seis minutos. Curry move-se à esquerda, a bola é jogada, opção à direita, arremesso para Mabry que vira para fora, para a área das trinta! Das vinte e cinco! Continua até o dezoito do East Pike e os Spartans estão chegando lá!

Neely:

– Depois de cada jogada, Mabry corria para trás até o grupo e dizia: "A bola, cara, me dá a bola." E foi o que fizemos.

Paul:

– E depois que Neely anunciava cada jogada, Silo dizia: "Se você errar, eu quebro seu pescoço".

Silo:

– E eu não estava brincando.

Blanchard:

– Vocês estavam prestando atenção ao relógio?

Neely:

– Estávamos, mas não tinha importância. A gente sabia que ia ganhar.

Mabry já carregou a bola doze vezes no segundo tempo, por setenta e oito jardas. Um chute rápido, à direita outra vez, não foi grande coisa. Os Spartans estão realmente atacando com violência o lado esquerdo da defesa do East Pike. Mabry segue Durston e Vatrano e, é claro, Silo Mooney está sempre perto do grupo de bloqueio.

Silo:

– Eu adorava o Buck Coffey.

Neely:

– Você não namorou a filha mais nova dele?

Silo:

– Não foi bem um namoro. Buck com certeza não sabia de nada.

Segundo e oito do dezesseis, Mabry outra vez sai pelo lado direito, para três, talvez quatro, e a luta é violenta nas trincheiras, minha gente.

Silo:

– Sempre é uma luta danada, por isso chamam de trincheiras.

Na semi-escuridão a fraternidade aumentara silenciosamente. Outros jogadores tinham se aproximado o bastante para ouvir a gravação.

Terceiro e quatro, Curry por fora, todos na linha de defesa, opção à direita, Crenshaw firme, é atingido, cai para a frente por talvez duas jardas. Ele foi mesmo bloqueado por Devon Bond.

Neely:

– Devon Bond me atingiu tantas vezes que me senti como um saco de areia de treino de pugilistas.

Silo:

– Devon era o único jogador contra quem eu não podia fazer nada. Eu jogava a bola, atacava com perfeição e ele desaparecia. Ou então ele me dava uma pancada tão forte que meus dentes chacoalhavam. Ele era um cara mau.

Donnie:

– Ele não jogou em outro time?

Paul:

– Nos Steelers, por uns dois anos, mas depois de algumas lesões foi devolvido ao East Pike.

Um quarto e dois, mais do que enorme. Os Spartans precisam marcar pontos aqui porque eles têm muito mais pontos para fazer. E os ponteiros do relógio estão realmente se movendo rápido. Três minutos e quarenta segundos. Todos juntos, agora Chenault em movimento à esquerda, enquanto Crenshaw corta. Eles saltam! East Pike salta offside! *Primeiro e gol dos Spartans na linha das cinco jardas! Crenshaw faz a célebre finta de cabeça e se dá bem.*

Silo:
– Finta de cabeça o cacete.
Paul:
– Foi tudo na cadência.
Blanchard:
– Lembro do treinador deles quase tendo um troço, querendo invadir o campo.
Neely:
– Ele foi penalizado. Na metade da distância.
Silo:
– Aquele cara era pirado, e quanto mais a gente marcava, mais alto ele gritava.

Primeiro e gol dos dois e meio. Opção esquerda, aqui vem o lançamento, Marcus Mabry é atingido, livra-se e cai na zona final! Touchdown *dos Spartans!* Touchdown!

A voz de Buck chegava mais longe na noite silenciosa. Rabbit, num determinado momento a ouviu e penetrou nas sombras da pista para ver o que era. Viu um grupo grande, uns homens sentados, outros recostados nas arquibancadas. Viu garrafas de cerveja, sentiu o cheiro dos charutos. Em outra era, ele teria mandado todos irem embora. Mas aqueles eram os garotos de Rake, os poucos escolhidos, esperando o apagar das luzes.

Se chegasse perto saberia chamar cada um deles pelo nome e pelo número e se lembrava da localização exata dos armários deles.

Rabbit passou pelas barras de metal sob as arquibancadas e se escondeu abaixo dos jogadores, escutando.

Silo:

– Neely pediu um chute por dentro e quase deu certo. A bola quicou e foi tocada por quase todos os jogadores no campo até que um cara com a camisa errada finalmente agarrou ela.

Ronnie:

– Eles correram duas vezes duas jardas, aí tentaram um passe longo que Hindu cortou. Três e fora, exceto que Hindu chutou para o receptor fora da área. Violência desnecessária. Primeiro *down*.

Donnie:

– Foi uma marcação horrível.

Blanchard:

– Nós, que estávamos assistindo ao jogo, enlouquecemos.

Randy:

– Meu pai quase jogou o rádio no campo.

Silo:

– Não nos importamos. Eles não iam marcar.

Ronnie:

– Eles fizeram três *downs* e nada outra vez.

Couch:

– Não foi mais ou menos por aí a devolução do chute?

Nat:

– Primeira jogada do último quarto.

Ele aumentou o volume.

East Pike de volta ao chute no quarenta e um de Messina, o chute baixo e forte, apanhado no quique por Paul Curry no cinco, por fora, pela direita no dez, corta outra vez... Ele conseguiu uma parede! Uma parede perfeita! Para o vinte, trinta, quarenta! Corta outra vez atravessando o meio campo, aproveita um bloqueio de Marcus Mabry, para o quarenta, o trinta, ao longo da extrema direita! Ele tem bloqueadores por todo o lado! Para o dez, cinco, quatro, dois, touchdown! Touchdown *dos Spartans. Uma resposta do chute de noventa e cinco jardas!*

Nat diminuiu o volume para que pudessem saborear um dos maiores momentos da história dos Spartans. A resposta do chute foi executada com precisão, cada bloqueio e cada movimento coreografado por Eddie Rake durante horas intermináveis de treino. Quando Paul Curry entrou dançando na zona final estava escoltado por seis camisas verdes, exatamente como tinham treinado. “Nós todos nos encontramos na zona final”, Rake tinha gritado repetidamente.

Dois jogadores do East Pike estavam caídos, vítimas de bloqueios violentos mas legais, que Rake tinha ensinado na nona série. “Interceptações de chutes são especiais para acabar com os adversários”, ele repetiu várias vezes.

Paul:

– Vamos ouvir de novo.

Silo:

– Uma vez é bastante. O final é o mesmo.

Depois que o campo foi liberado, East Pike deu o pontapé inicial e começou uma corrida que durou seis minutos. Por um breve período no segundo meio-tempo, usaram seu talento superior para devorar sessenta jardas, embora cada centímetro tivesse sido contestado. A execução perfeita do primeiro meio-tempo não existia mais, substituída por passos hesitantes e incertos. O céu estava caindo. Um sufoco maciço estava a caminho e eles não podiam evitar.

Cada jogada provocava um ataque furioso dos onze defensores. Cada passe curto acabava com o receptor no chão. Não havia tempo para passes longos. Silo não podia ser contido. Faltando quatro e dois, dos vinte e oito de Messina, East Pike idiotamente foi para o primeiro *down*. O *quarterback* fingiu um passe para a esquerda, virou para a direita, procurando um companheiro de equipe. Mas o jogador que ele procurava fora massacrado na linha por Donnie Utley, e seu irmão gêmeo atacava como louco. Ronnie pegou o *quarterback* por trás, tomou a bola como lhe fora ensinado, jogou o adversário no chão e os Spartans, com 31-21, estavam no jogo com cinco minutos e trinta e cinco segundos faltando para o final.

Há alguma coisa errada com a mão direita de Neely, nenhuma tentativa de passe foi feita no segundo tempo. Quando a defesa está em campo ele a mantém num balde com gelo. East Pike já percebeu, e o time está fazendo cobertura nas laterais, todo o resto agrupado ao longo da linha de defesa.

Jaeger:
– Estava quebrada, não estava?
Paul:
– Sim, estava.
Neely apenas assentiu, inclinando a cabeça.
Jaeger:
– Como foi que ela quebrou, Neely?
Silo:
– Num incidente no vestiário.
Neely não disse nada.

Primeiro e dez do trinta e nove dos Spartans, Curry à direita por fora, vai para a esquerda, joga para o lado direito para Marcus Mabry, que consegue quatro, talvez cinco jardas muito difíceis. Devon Bond está em toda a parte do campo. Deve ser o sonho de um jogador de linha, não se preocupar com a cobertura do passe, apenas tocaiar a bola. Os Spartans se reúnem rapidamente, correm para a linha, atentos ao relógio. Passe rápido, mergulho para Chenault, bem atrás de Silo Mooney, que está massacrando adversários no meio do campo.

Silo:
– Gostei disso, massacrando.
Donnie:
– É até uma palavra leve para descrever o que você fazia. Frank errou um bloqueio e Silo socou ele.
Neely:
– Ele não socou. Ele o esbofeteou. O juiz começou a agitar a bandeira, mas não tinha certeza se podia punir um jogador por agredir outro do mesmo time.
Silo:

– Ele não devia ter perdido o bloqueio.

Terceiro e um no quarenta e oito, quatro minutos e vinte segundos faltando. Os Spartans estão de volta na linha antes do East Pike. A bola é posta em jogo rapidamente, Neely rola para a direita, uma segunda no outro lado das quarenta e cinco e fora de campo. Primeiro down *e o relógio vai parar. Os Spartans precisam de dois* touchdowns. *Eles têm que começar a usar as laterais.*

Silo:

– Fica na sua, Buck, se limite a descrever o jogo, porra!

Donnie:

– Diabo, todo mundo conhecia eles. Eles não mudaram em mais de trinta anos.

Couch:

– Nós fizemos as mesmas jogadas que vocês fizeram contra East Pike.

Mabry ganha do bloqueio outra vez, por quatro jardas, atingido violentamente por Devon Bond e pelo último homem, Armondo Butler, um verdadeiro caçador de cabeças. Eles não têm medo do passe, por isso estão realmente concentrados na corrida. Dois pontas posicionados, Chenault em movimento à direita, opção, esquerda, arremessa para Mabry, que corre para a frente, continua correndo, de algum modo consegue três. Será o terceiro e três agora, outra grande jogada, mas agora todas são grandes. O tempo vai passando, faltam menos de quatro minutos. Bola no trinta e oito. Curry corre do grupo, por fora à esquerda, rompe para o fundo do campo, Neely volta para trás na jogada, o chute, ele roda para a direita, procura, procura, há pressão e ele vai para a lateral e é bloqueado por Devon Bond. Uma colisão violenta, capacete contra capacete e Neely demora para se levantar.

Neely:

– Eu não via nada. Nunca fui atingido com tanta força e por trinta segundos não enxerguei nada.

Paul:

– Não queríamos desperdiçar tempo, por isso a gente levantou ele e o arrastou para o grupo.

Silo:

– Eu esbofeteei ele também e isso ajudou muito.

Neely:

– Não lembro disso.

Paul:

– Era quarto e um. Neely estava muito atordoado, por isso eu determinei a jogada. O que mais posso dizer, sou um gênio.

Quarto e um, os espartanos demoram para chegar à linha. Crenshaw não se sente bem, não parece muito firme. Grande jogada. Grande jogada. Isso pode decidir o jogo, minha gente. East Pike tem nove homens na linha. Dois laterais, nenhum por fora. Crenshaw encontra o centro, um chute longo, arremesso rápido para Mabry, que pára, salta, dá um passe pelo meio para Heath Dorcek, que está completamente aberto! Para as trinta! As vinte! Atingido nas dez. Tropeça e cai na três! Primeiro e gol para os Spartans!

Paul:

– Foi o passe mais feio da história do futebol. De ponta a ponta, um fiasco. Cara, que beleza.

Silo:

– Belíssimo. Dorcek não pegava nem gripe, por isso Neely nunca jogava para ele.

Nat:

– Eu nunca tinha visto ninguém correr tão devagar, parecia um búfalo enorme e desajeitado.

Silo:

– Ele corria mais do que você.

Neely:

– A jogada demorou uma eternidade e quando Heath voltou para o grupo tinha lágrimas nos olhos.

Paul:

– Olhei para Neely e ele disse: “Cante o jogo.” Lembro de ter olhado para o relógio, faltavam três minutos e quarenta segundos e tínhamos de marcar duas vezes. Eu disse: “Vamos fazer agora, no terceiro *down.*” Silo disse: “Corra atrás de mim.”

Faltam só três jardas para a terra prometida, minha gente, e aí vêm os Spartans para a linha, se posicionando rapidamente, chutando rapidamente, Crenshaw protegido vai para a linha de fundo! Silo Mooney e Barry Vatrano exterminaram violentamente a linha de East Pike! Touchdown *dos Spartans! Eles não podem perder! Trinta e um a vinte e sete! Incrível!*

Blanchard:

– Lembro que vocês se juntaram antes do chute, o time todo. Quase foram punidos por atrasar o jogo.

Houve uma longa pausa. Finalmente, Silo falou.

Silo:

– Estávamos tomando conta da nossa vida. Tínhamos de proteger alguns segredos.

Couch:

– Segredos sobre Rake?

Silo:

– Isso mesmo.

Couch:

– Ele não tinha aparecido até esse momento?

Paul:

– Não estávamos prestando atenção, mas depois do chute, correu a notícia na linha de que Rake tinha voltado. Nós o vimos na beirada da zona final, de pé com os outros quatro treinadores, ainda com os moletons verdes, mãos nos bolsos, assistindo calmamente, como se fossem apenas espectadores ou coisa assim. Nós detestamos todos eles naquele momento.

Nat:

– Éramos nós contra eles. Não nos importávamos com East Pike.

Blanchard:

– Nunca vou esquecer, Rake e seus assistentes na beirada do campo, como um bando de prostitutas na igreja. Àquela altura não sabíamos por que estavam ali. Acho que ainda não sabemos.

Paul:

– Mandaram que eles ficassem longe da nossa lateral.

Blanchard:

– Quem mandou?

Paul:

– O time.

Blanchard:

– Mas por quê?

Nat aumentou o volume. A voz de Buck Coffey começou a ficar embargada com a excitação do momento. Para compensar a perda de força e de claridade, Buck falava cada vez mais alto. Quando East Pike caminhou para a linha no primeiro *down*, Buck estava praticamente gritando no microfone.

Bola no dezoito, ainda faltam três minutos e vinte e cinco segundos. East Pike tem um total de três primeiros downs *e sessenta e uma jardas de ofensiva no segundo meio-tempo. Tudo que tentaram foi enfiado por suas gargantas abaixo pelo inspirado time dos Spartans. Uma virada magnífica, o desempenho mais corajoso que já vi em vinte e dois anos transmitindo futebol.*

Silo:

– Vá em frente, Buck.

Passe no lado direito, para uma, talvez duas jardas. East Pike não sabe bem o que fazer agora. Gostariam de queimar algum tempo, mas precisam conseguir alguns primeiros downs. *Três minutos, dez segundos e o relógio não pára. Messina ainda com direito a três paradas vai precisar de todas. East Pike agora faz cera, demora para se reunir, demora com a jogada da lateral, gastam o tempo até o doze, eles quebram o conjunto, demoram para chegar à linha. Quatro, três, dois um, o chute, arremesso para Barnaby, que corre pelo córner por cinco, tal-*

vez seis. Um grande terceiro down *agora, terceiro no vinte e cinco, com o relógio funcionando.*

Um carro parou perto do portão. Era branco com palavras pintadas nas portas. "Acho que Mal voltou", alguém disse. O xerife não se apressou em sair do carro, se espreguiçou, examinou o campo e as arquibancadas. Então acendeu um cigarro; a luz do isqueiro era visível trinta filas acima, na linha dos quarenta metros.

Silo:

– Eu devia ter trazido mais cerveja.

Os Spartans começam a entrar. Por fora, à direita e à esquerda. No ponto de arremesso, Waddell chuta, desvia para a direita, depois arremessa para a esquerda, a bola é apanhada no trinta e dois numa rápida desviada de Gaddy, que é derrubado por Hindu Aiken. Primeiro down *East Pike e eles estão movendo as correntes. Faltam dois minutos e quarenta e os espartanos precisam de alguém na lateral para tomar uma decisão. Estão jogando sem treinadores, minha gente.*

Blanchard:

– Quem estava decidindo?

Paul:

– Depois que eles conseguiram o primeiro *down*, Neely e eu decidimos que era melhor pedir um tempo.

Silo:

– Eu me encarreguei da defesa da lateral e todo o time se reuniu em volta. Todos gritavam. Fico arrepiado só de lembrar.

Neely:
– Volume, Nat, antes que Silo comece a chorar.

Primeiro down *no trinta e dois. East Pike se espalha sem pressa, vão para o fundo do campo à direita, o chute, Waddell recua para passar, olha para a direita e consegue um* down-and-out *no trinta e oito. O receptor não saiu de campo e faltam dois minutos e vinte e oito. Agora dois vinte e sete.*

No portão, Mal Brown fumava seu cigarro e olhava para o grupo de ex-espartanos sentados descontraidamente no centro das arquibancadas. Ouviu o rádio e reconheceu a voz de Buck Coffey, mas não dava para dizer qual era o jogo. Mas Mal tinha um palpite. Soltou uma baforada e procurou Rabbit nas sombras.

East Pike na linha com um segundo e quatro, faltando dois minutos e catorze segundos para o fim do jogo. Arremesso rápido à esquerda para Barnaby e ele consegue! É atingido violentamente na linha pelos dois Utleys, Ronnie e Donnie, que parecem atacar por todas as aberturas. Eles o atingem primeiro e todo o time cai em cima! Os Spartans estão frenéticos, mas devem ter cuidado. Foi quase uma colisão atrasada.

Silo:
– Colisão atrasada, violência desnecessária, meia dúzia de faltas individuais, escolha, Buck. Eles podiam ter nos punido em cada jogada.
Ronnie:

– Silo estava mordendo os jogadores.

Terceiro e quatro, menos de dois minutos. East Pike procura ganhar tempo, enquanto o relógio continua a girar. De volta à linha, os onze Spartans esperam. Você corre e é derrubado ou passa e é bloqueado? Essa é a escolha para East Pike. Não conseguem mover a bola! Waddell está atrás, é um biombo e a bola é paralisada por Donnie Utley! O relógio pára! Quarto e quatro! East Pike terá de chutar! Um minuto e cinqüenta segundos para jogar e os Spartans ficarão com a bola!

Mal começou a andar lentamente na pista, fumando outro cigarro. Eles o viram chegar mais perto.

Paul:

– O último tinha funcionado, por isso resolvemos tentar outra vez.

Um pontapé baixo, junto da linha que acerta no quarenta, salta e então outro, Alonzo Taylor foge para o trinta e cinco e não tem para onde ir! Todas as passagens fechadas! Poderia ser uma tesoura, isto é, se atirar contra as pernas do adversário que não está com a bola, o que é ilegal!

Paul:

– Poderia ser? Hindu passou uma rasteira num cara atrás, a pior tesoura que vi na vida.

Silo:

– Eu comecei a quebrar o pescoço dele.

Neely:

– Eu fiz você parar, lembra? O pobre coitado chegou à lateral chorando.

Silo:

– Pobre coitado! Se eu o visse agora, ia fazer com que se lembrasse daquela tesoura.

E então tudo se resume nisto, minha gente. Os Spartans estão com a bola no seu dezenove, faltando oitenta e uma jardas, com um minuto e quarenta segundos sobrando no relógio. Perdendo trinta e um a vinte e oito. Crenshaw tem duas pausas e nenhuma jogada de passe.

Paul:

– Não podia passar com a mão quebrada.

Todo o time dos Spartans está reunido na linha lateral e parece que está rezando.

Mal subia os degraus devagar, sem nada da sua atitude decidida e zombeteira. Nat desligou o toca-fitas e as arquibancadas ficaram em silêncio.

– Rapazes – Mal disse suavemente. – O treinador se foi.

Rabbit surgiu da sombra e atravessou a pista. Eles o viram desaparecer atrás do marcador, e alguns segundos depois as luzes do sudoeste se apagaram.

O Rake Field ficou às escuras.

A maior parte dos antigos jogadores dos Spartans sentados em silêncio na arquibancada não conhecia Messina sem Eddie Rake. E para os mais velhos, que eram muito jovens quando ele chegou como um desconhecido treinador de futebol de vinte e oito anos, sua influência na cidade foi tão esmagadora que era fácil supor que Rake sempre estivera lá. Afinal, Messina como cidade não era nada antes de Rake. Nem estava no mapa.

A vigília terminara. As luzes estavam apagadas.

Embora estivessem esperando sua morte, as palavras de Mal os atingiu violentamente. Cada um se recolheu às próprias lembranças por alguns momentos. Silo largou a garrafa de cerveja e começou a bater de leve com os dedos nas têmporas. Paul Curry apoiou os cotovelos nos joelhos e olhou para o campo, para um ponto perto da linha das cinqüenta jardas onde seu treinador esbravejava e xingava quando o jogo estava difícil, ninguém ousava chegar perto dele. Neely podia ver Rake no quarto do hospital, o boné verde de Messina na mão, falando suavemente com seu ex-*all-American*, preocupado com seu joelho e com seu futuro. E tentando pedir desculpas.

Nat Sawyer mordeu os lábios e seus olhos se umedeceram. Eddie Rake passou a significar muito para ele depois que parou de jogar futebol. "Graças a Deus que está escuro", Nat pensou. Mas sabia que suas lágrimas não eram as únicas.

Em algum lugar no outro lado do pequeno vale, na direção da cidade, os sinos da igreja tocaram. Messina estava recebendo a notícia que mais temia.

Blanchard Teague foi o primeiro a falar:

– Eu quero muito recordar o fim do jogo. Esperamos isso há quinze anos.

Paul:

– Nós corremos em massa para a direita. Alonzo conseguiu umas seis ou sete e saiu de campo.

Silo:

– Teria marcado, mas Vatrano perdeu um bloqueio num *linebacker*. Eu disse a ele que ia castrá-lo no vestiário se ele perdesse outro.

Paul:

– Eles tinham todos na linha. Eu ficava perguntando para Neely se ele podia arremessar, nem que fosse um pequeno passe de centro, qualquer coisa para abrir o secundário deles.

Neely:

– Eu mal podia segurar a bola.

Paul:

– No segundo *down*, fomos para a esquerda...

Neely:

– Não, no segundo *down* mandamos três largos e fundos, eu recuei para dar o passe, me curvei e corri dezesseis jardas, mas não consegui sair de campo. Devon Bond me acertou outra vez e eu pensei que estava morto.

Couch:

– Lembro disso. Mas ele também custou a se levantar.

Neely:

– Eu não estava preocupado com ele.

Paul:

– A bola estava no quarenta, faltando mais ou menos um minuto. Nós não atacamos em massa?

Nat:

– Para a esquerda, quase um primeiro *down* e Alonzo saiu de campo, bem na frente do seu banco.

Neely:

– Então tentamos a opção do passe outra vez e Alonzo errou, quase apanharam a bola.

Nat:

– A bola foi apanhada, mas o jogador atrás do gol estava com um pé sobre a linha.

Silo:

– Foi então que eu disse para você parar de passar para Alonzo.

Couch:

– Como estava a coisa no agrupamento na linha?

Silo:

– Bastante tensa, mas quando Neely disse "fiquem quietos", nós calamos a boca. Ele disse que estávamos enfiando o jogo pela garganta deles, que íamos vencer e, como sempre, nós acreditamos.

Nat:

– A bola estava no cinqüenta, faltando cinqüenta segundos.

Neely:

– Cantei um corta-luz e funcionou perfeitamente. A velocidade do passe foi feroz e consegui dar a bola a Alonzo com a mão esquerda.

Nat:

– Foi uma beleza. Ele foi atingido no fundo do campo, livrou-se e de repente tinha uma parede de bloqueadores.

Silo:

– Foi então que peguei o Bond. O filho-da-puta estava lutando contra o bloqueio sem olhar em volta. Ataquei seu lado esquerdo com meu capacete e eles levaram ele para longe.

Neely:

– Isso provavelmente venceu o jogo.

Blanchard:

– O campo era um hospício, trinta e cinco mil pessoas gritando como idiotas, mas mesmo assim ouvimos a pancada que você deu em Bond.

Silo:

– Foi uma pancada dentro das regras. Eu preferia que não fosse, mas não era boa hora para uma penalidade.

Paul:

– Alonzo conseguiu mais ou menos vinte. O relógio parou com a lesão, assim ganhamos algum tempo. Neely cantou três jogadas.

Neely:

– Eu não queria arriscar uma interceptação ou um erro, e o único modo de espalhar a defesa era mandar os receptores para longe e partir para o tiro final. No primeiro *down* eu avancei mais ou menos dez.

Nat:

– Onze. Foi primeiro *down* no vinte e um, faltando trinta segundos.

Neely:

– Com Bond fora do jogo, eu sabia que podia marcar. Achei que, com mais dois avanços, estaríamos na linha de fundo. No grupo, eu disse a eles que procurassem derrubar alguém.

Silo:

– Eu disse para tentar matar alguém.

Neely:

– Eles atacaram violentamente os três *linebackers* e fui bloqueado na linha. Tivemos que queimar nosso último pedido de tempo.

Amos:

– Você pensou num chute de longe?

Neely:

– Pensei, mas Scobie tinha uma perna fraca, precisa, mas fraca.

Paul:

– Além disso há um ano ele não fazia um gol.

Silo:

– O chute não era nosso forte.

Nat:

– Obrigado, Silo. Posso sempre contar com você.

A jogada final da investida milagrosa foi talvez a mais famosa da história gloriosa dos Spartans. Sem pedidos de tempo, faltando vinte jardas e dezoito segundos, Neely mandou dois receptadores para longe e chutou para o tiro final. Entregou rapidamente a bola para Marcus Mabry. Marcus deu três passos, parou bruscamente e chutou a bola para Neely, que correu para a frente, procurando alguém para nivelar. No dez, Neely, correndo como louco, abaixou a cabeça e colidiu com um zagueiro e com o último homem, uma colisão que teria deixado desacordado um mero mortal. Ele girou o corpo, as pernas sempre em movimento, foi atingido outra vez no cinco, e outra vez no três, onde a maioria da defesa de East Pike conseguiu encurralá-lo. A jogada estava quase no fim, bem como o jogo, quando Silo Mooney e Barry Vatrano se lançaram contra a massa de gente que cercava Neely e a pilha toda caiu na zona final. Neely se levantou, sempre com a bola, e olhou diretamente para Eddie Rake a seis metros dele, imóvel e neutro.

Neely:

– Por uma fração de segundo pensei em atirar a bola para ele mas então Silo me derrubou e todo mundo subiu em cima.

Nat:

– Todo o time estava lá. Com as líderes da torcida, os treinadores e a banda. Pegamos quinze jardas por excesso de comemoração.

Couch:

– Ninguém se importou. Lembro de ter olhado para Rake e para os treinadores e eles não se moveram. Foi uma coisa muito estranha.

Neely:

– Eu estava caído na zona final, amassado por meus companheiros de time, dizendo para mim mesmo que tínhamos feito o impossível.

Randy:

– Eu tinha doze anos e lembro dos torcedores de Messina lá sentados, perplexos, exaustos, muitos chorando.

Blanchard:

– O pessoal de East Pike também chorava.

Randy:

– Eles fizeram uma jogada, não foi? Depois do pontapé inicial?

Paul:

– Fizeram. Donnie atacou e pegou o *quarterback*. Aí o jogo terminou.

Randy:

– De repente todos os jogadores com camisa verde estavam correndo para fora do campo, nada de apertos de mãos, nenhum ajuntamento de fim de jogo, só uma corrida louca para o vestiário. Todo o time desapareceu.

Mal:

– Pensamos que vocês tinham enlouquecido. Esperamos um pouco, pensando que vocês tinham de voltar para receber o troféu e tudo o mais.

Paul:

– Não íamos voltar. Mandaram alguém nos buscar para a cerimônia, mas trancamos a porta.

Couch:

– Os pobres garotos de East Pike tentaram sorrir quando receberam o troféu pela melhor jogada, mas ainda estavam em estado de choque.

Blanchard:

– Rake tinha desaparecido também. Conseguiram que Rabbit fosse até o meio do campo para receber o troféu de campeão. Foi muito estranho, mas nós estávamos muito excitados para nos importar.

Mal foi até o isopor de Silo e tirou uma cerveja.

– Sirva-se à vontade, xerife – Silo disse.

– Não estou de serviço. – Deu um gole longo e começou a descer os degraus. – Os funerais serão na sexta-feira, rapazes. Ao meio-dia.

– Onde?

– Aqui. Onde mais podia ser?

Quinta-feira

Neely e Paul se encontraram cedo quinta-feira de manhã nos fundos da livraria, onde Nat fez outro bule do seu café da Guatemala, sem dúvida uma bebida que criava vício e talvez fosse até ilegal. Nat tinha negócios a tratar na parte da frente da livraria, perto da pequena seção de ocultismo, com uma mulher de aspecto sinistro, muito pálida e de cabelos muito negros.

– A feiticeira da cidade – Paul disse com certo orgulho, como se toda cidade precisasse de uma bruxa, e em voz muito baixa, como para afastar qualquer feitiço maléfico.

O xerife chegou alguns minutos depois das oito, com uniforme completo, pesadamente armado, parecendo perdido na única livraria do município e, ainda por cima, de propriedade de um homossexual. Se Nat não fosse um ex-jogador dos Spartans, Mal provavelmente o teria posto sob vigilância por ser um tipo suspeito.

– Estão prontos, rapazes? – ele rosnou, obviamente ansioso para sair dali.

Com Neely no banco da frente e Paul atrás, saíram do centro da cidade num grande Ford branco com letras enormes nas portas, anunciando que o carro era propriedade do XERIFE. Na rodovia principal, Mal pisou no acelerador e ligou um botão acendendo as luzes vermelhas e azuis. Mas não a sirene. Vendo que tudo estava em ordem, ele se virou um pouco no banco, apanhou o copo de isopor com café e apoiou o pulso na direção. Iam a cento e sessenta por hora.

– Eu estive no Vietnã – Mal anunciou, escolhendo o assunto e dando a impressão de que ia falar sem parar nas duas horas seguintes. Paul afundou no banco de trás, como um criminoso a caminho de uma audiência no tribunal. Neely olhava para o movimento dos carros, certo de que iam ser massacrados num horrível acidente de trânsito.

– Eu estava num destacamento no rio Bassac. – Bebeu um gole ruidoso de café depois de estabelecer o local. – Éramos seis naquele pequeno bote idiota, mais ou menos duas vezes do tamanho de um barco de pescar. Nosso trabalho era patrulhar rio acima e rio abaixo e criar problemas. Atirávamos em tudo que se movia. Perfeitos idiotas. Se uma vaca chegava muito perto, virava exercício de tiro. Se um plantador de arroz curioso erguia a cabeça acima da plantação, começávamos a atirar só para ver o homem se jogar na lama. Nossa missão diária não tinha nenhum objetivo tático, por isso bebíamos cerveja, fumávamos maconha, jogávamos cartas e tentávamos atrair as garotas do lugar para entrar no barco conosco.

– Tenho certeza de que esse papo vai nos levar a algum lugar – Paul disse do banco de trás.

– Fique quieto e escute. Num dia de muito calor estávamos quase dormindo, tomando banho de sol como um bando de tartarugas quando, de repente, tudo virou um inferno. Atiravam em nós dos dois lados do rio. Fogo pesado. Uma emboscada. Dois caras estavam dentro da cabine. Eu estava no convés com três outros que foram imediatamente mortos, um pouco antes de poderem pegar suas armas. O sangue voava no ar. Todo mundo gritava. Eu estava deitado de bruços, sem poder me mover, quando acertaram um barril de combustível. Aquela merda não devia estar no convés, mas quem se importava? Éramos invencíveis porque tínhamos dezoito anos e éramos burros. A coisa explodiu. Consegui mergulhar no rio sem me queimar. Nadei ao lado do barco e peguei um pedaço de rede de camuflagem que estava pendurada. Ouvi os gritos dos meus dois companheiros dentro da cabine. Estavam presos lá dentro, fumaça e fogo por todo lado, não podiam sair. Fiquei debaixo d'água o maior tempo possível. Sempre que subia à tona para respirar, os amarelos metralhavam tudo à minha volta. Fogo pesado. Sabiam que eu estava na água prendendo a respiração. Isso continuou por longo tempo, enquanto o barco se incendiava e era levado pela correnteza. Os gritos e a tosse finalmente cessaram na cabine, todos estavam mortos, menos eu. Os amarelos estavam em campo aberto agora, andando nas duas margens, como num passeio de domingo. Só para se divertir. Eu era o último cara vivo e os amarelos estavam esperando que eu cometesse um erro. Passei a nado por baixo do barco e saí do outro lado, respirei um pouco, as balas passavam por todos os lados. Nadei para a parte de trás, segurei no leme por algum tempo, subi para respirar, ouvi os amarelos rindo enquanto atiravam em mim. O rio era cheio de cobras, aquelas pequenas desgraçadas extremamente venenosas. Então resolvi que tinha três escolhas: me afogar, levar um tiro ou esperar as cobras.

Mal pôs o café num suporte no painel e acendeu um cigarro. Misericordiosamente, ele abriu um pouco a janela. Neely abriu a sua também. Estavam entre plantações, correndo pelas colinas ondulantes, passando velozmente por tratores e velhas picapes.

– Então, o que aconteceu? – Neely perguntou quando ficou evidente que Mal precisava de incentivo.

– Querem saber o que me salvou?

– Conte.

– Rake. Eddie Rake. Quando eu estava procurando ficar vivo, debaixo daquele barco, não pensei em minha mãe, no meu pai ou na minha namorada, pensei em Rake. Eu podia ouvi-lo gritando conosco no fim do treino quando estávamos correndo. Lembrei dos seus discursos no vestiário. "Nunca, nunca desistam. Vocês vencem porque são mentalmente mais fortes do que os outros e são mais fortes mentalmente porque seu treinamento é superior. Se estão ganhando, não desistam nunca. Se estão perdendo, não desistam nunca. Se estão machucados, não desistam nunca."

Deu uma longa tragada no cigarro enquanto os dois homens mais novos digeriam a história. Enquanto isso, fora do carro, motoristas civis desviavam para o acostamento e freavam, dando passagem à emergência policial.

– Finalmente levei um tiro na perna. Sabiam que as balas podem pegar vocês debaixo d'água?

– Na verdade, nunca pensei nisso – Neely admitiu.

– Pois podem. Atingiram o tendão atrás do joelho da perna esquerda. Nunca senti tanta dor, era como uma faca quente. Quase desmaiei, e mal podia respirar. Rake esperava que continuássemos jogando mesmo machucados, por isso eu disse para mim mesmo que Rake estava me vendo. Rake estava em algum lugar, na margem do rio, vendo o quanto eu era durão.

Uma tragada longa e cancerígena no cigarro, um fraco esforço para soltar a fumaça pela janela. Uma longa pausa enquanto Mal se perdia no horror da lembrança. Passou um minuto.

– Obviamente você sobreviveu – Paul disse, ansioso para ouvir o fim da história.

– Tive sorte. Os outros cinco foram mandados para casa em caixões. O bote continuava queimando e às vezes eu nem conseguia segurar nele de tão quente que estava. Aí as baterias explodiram como morteiros e o barco começou a afundar. Eu ouvia os amarelos rindo. Ouvia também Rake no último quarto: "Hora de respirar e ir em frente, rapazes. É agora que perdemos ou ganhamos. Hora de provar sua coragem."

– Eu posso ouvir isso também – Neely disse.

– De repente os tiros cessaram. Então ouvi os helicópteros. Dois deles tinham visto a fumaça e resolveram verificar o que era. Chegaram voando baixo, espalharam os amarelos, lançaram uma corda, eu saí do rio. Quando eles me içaram, olhei para baixo e vi o barco em chamas e dois dos meus companheiros mortos no convés, completamente queimados. Eu estava em choque e desmaiei.

Mais tarde me disseram que quando perguntaram meu nome eu respondi: "Eddie Rake."

Neely olhou para a esquerda quando Mal virou para o lado. A voz dele tremeu um pouco, depois enxugou os olhos. As mãos de Mal largaram o volante por alguns segundos.

– Então você voltou para casa? – Paul disse.

– É, essa foi a parte de sorte. Saí de lá. Estão com fome, rapazes?

– Não.

– Não.

Evidentemente, Mal estava. Pisou no freio e virou para a direita, entrando num estacionamento de cascalho na frente de uma velha loja rural. A traseira do Ford derrapou quando Mal parou violentamente.

– Aqui vendem os melhores biscoitos dessas bandas – ele disse abrindo a porta do carro e entrando numa nuvem de poeira. Eles o seguiram até os fundos da casa, passaram por uma pequena porta de tela e entraram numa cozinha também pequena e enfumaçada. Quatro mesas juntas estavam rodeadas por homens de aparência rústica que devoravam presunto e biscoitos. Felizmente, pelo menos para Mal, que parecia prestes a desmaiar de fome, havia três banquetas vazias na frente do balcão.

– Preciso de alguns biscoitos – ele rosnou para uma mulher velha e pequenina que estava perto do fogão. Evidentemente, cardápios eram desnecessários.

Com notável presteza, ela os serviu de café e biscoitos com manteiga e melado de sorgo. Mal atacou o primeiro, uma mistura de gordura e farinha que pesava pelo menos meio quilo. Neely, à esquerda dele e Paul à direita, o acompanharam.

– Ouvi vocês falando ontem à noite nas arquibancadas – Mal disse, passando do Vietnã para o futebol. Deu uma grande mordida e começou a mastigar ferozmente. – Sobre o jogo de 87. Eu estava lá, junto com toda a cidade. Concluímos que tinha acontecido alguma coisa no meio-tempo. No vestiário teve uma discussão entre vocês e Rake. Nunca ouvi a história verdadeira, porque vocês nunca disseram nada.

– Pode chamar de discussão – Neely disse, ainda preparando-se para comer o seu primeiro biscoito.

– Ninguém nunca disse nada – Paul disse.

– Então, o que aconteceu?

– Uma discussão.

– Isso eu já entendi. Rake está morto agora.

– E daí?

– Daí que já passaram quinze anos. Quero saber a história toda – Mal disse, como se estivesse interrogando um suspeito de assassinato na sala dos fundos da delegacia.

Neely pôs o biscoito no prato e olhou para ele. Então relanceou a vista para Paul, que inclinou a cabeça afirmativamente, como se dissesse: "Vá em frente, finalmente você pode contar a história."

Neely tomou um gole de café e ignorou a comida. Olhou para o balcão e se transportou para o passado.

– Estávamos perdendo de trinta e um a zero, levando uma lavada horrível – ele disse, falando devagar e em voz muito baixa.

– Eu estava lá – Mal disse, sem parar de mastigar.

– Fomos para o vestiário no intervalo e esperamos por

Rake. Esperamos um tempão, sabendo que íamos ser devorados vivos. Finalmente ele chegou com os outros treinadores. Rake estava muito furioso. Ficamos apavorados. Ele veio direto para mim, com puro ódio nos olhos. Eu não sabia o que esperar. Ele disse: "Você é um filho-da-puta, uma farsa como jogador de futebol". Eu disse: "Obrigado, treinador". Assim que acabei de falar, ele ergueu a mão esquerda e me bateu.

– Foi como um taco de madeira batendo numa bola de beisebol – Paul disse. Ele também tinha perdido o interesse pela comida.

– E quebrou seu nariz? – Mal disse, ainda muito interessado no seu desjejum.

– Isso mesmo.

– O que você fez?

– Instintivamente, eu revidei. Não sabia se ele pretendia bater em mim outra vez e não estava disposto a esperar. Dei um direto curto, com toda a minha força. Acertei em cheio, no lado esquerdo do queixo.

– Não foi um simples direto de direita – Paul disse. – Foi uma bomba. A cabeça de Rake deu um solavanco para trás como se tivesse levado um tiro e ele deve ter se sentido como um saco de cimento.

– Você deixou ele inconsciente?

– Completamente. O treinador Upchurch correu, gritando, xingando, como se quisesse acabar comigo – Neely disse. – Eu não podia ver, meu rosto estava cheio de sangue.

– Silo se adiantou, segurou Upchurch pela garganta com as duas mãos – Paul disse – e o ergueu do chão, jogou contra a parede, disse que ia matá-lo ali mesmo, se ele fizesse outro movimento. Rake estava desacordado no chão. Snake Thomas, Rabbit e um dos outros treinadores estavam agachados ao lado dele. Foi um caos por alguns segundos, então Silo jogou Upchurch no chão e mandou que todos eles saíssem do vestiário. Thomas disse alguma coisa e Silo deu um chute na bunda dele. Os treinadores arrastaram Rake para fora e nós trancamos a porta.

– Por algum motivo eu comecei a chorar e não conseguia parar – Neely disse.

Mal tinha parado de comer. Os três olhavam para a frente, para a senhora baixinha junto ao fogão.

– Achamos gelo – Paul continuou. – Neely disse que sua mão estava quebrada. O nariz dele sangrava loucamente. Ele delirava. Silo gritava com o time. Foi uma cena bastante violenta.

Mal tomou outro gole barulhento de café, depois tirou um pedaço de biscoito e passou no prato como se estivesse em dúvida entre comê-lo ou não.

– Neely estava deitado no chão com gelo no nariz e na mão, o sangue escorrendo por cima das orelhas. Nós odiamos Rake com mais força do que qualquer outro homem já foi odiado. A gente queria matar alguém e aqueles pobres garotos de East Pike eram os alvos mais próximos.

Depois de uma longa pausa, Neely disse:

– Silo ajoelhou ao meu lado e gritou: "Levante essa bunda, sr. *all-American*. A gente precisa marcar cinco *touchdowns*."

– Quando Neely se levantou, saímos do vestiário como um furacão. Rabbit espiou a gente e a última coisa que ouvi foi Silo gritando para ele: "Faça com que esses filhos-da-puta fiquem fora do nosso campo."

– Hindu jogou uma toalha ensangüentada para ele – Neely disse, sempre em voz baixa.

– Nos últimos minutos do jogo, Neely e Silo reuniram o time ao lado do banco e nos disseram que depois do jogo íamos correr para o vestiário, trancar a porta e só sair depois que todos tivessem ido embora.

– E foi o que fizemos. Esperamos no vestiário por muito tempo – Neely disse. – Levou uma hora para tudo se acalmar.

A porta se abriu atrás deles quando um grupo de moradores locais saiu e outro entrou.

– E vocês nunca disseram nada a respeito? – Mal perguntou.

– Não. Combinamos enterrar o caso – Neely disse.

– Até agora?

– Acho que sim. Rake está morto, não tem mais importância.

– Por que tanto segredo?

– Temíamos que houvesse problemas – Paul disse. – Odiávamos Rake, mas ele continuava a ser Rake. Ele agrediu um jogador, e não qualquer outra pessoa. O nariz de Neely sangrava ainda depois do jogo.

– E estávamos todos emocionados – Neely disse. – Acho que os cinqüenta jogadores choravam quando o jogo terminou. Tínhamos conseguido um milagre, o impossível. Sem treinadores. Nada além de pura coragem. Apenas um bando de garotos que tinha sobrevivido sob enorme pressão. Resolvemos que seria nosso segredo.

Silo deu uma volta pelo vestiário, olhou nos olhos de cada jogador e exigiu um voto de silêncio.

– Disse que mataria quem contasse – Paul contou, rindo baixinho.

Mal pôs um pouco de melado no seu alvo seguinte.

– É uma boa história. Eu imaginei que devia ser.

Paul disse:

– O estranho é que os treinadores também nunca disseram nada. Rabbit ficou de boca fechada. Silêncio total.

Mal mastigou e então disse:

– Nós imaginamos uma coisa parecida. Sabíamos que algo tinha acontecido naquele intervalo. Neely não podia dar passes, depois começaram a dizer que na semana seguinte ele foi ao colégio com a mão engessada. Imaginamos que tinha batido com a mão em alguma coisa. Devia ter sido em Rake. Correram muitos boatos durante todos esses anos, o quê, como vocês sabem, não é difícil em Messina.

– Nunca ouvi ninguém falar nisso – Paul disse.

Um gole de café. Neely e Paul não estavam comendo nem bebendo.

– Lembra daquele garoto chamado Tugdale, de perto de Black Rock? Estava um ano ou dois atrás de vocês.

– Andy Tugdale – Neely disse. – Um jogador de setenta quilos. Ruim como um cão raivoso.

– Esse mesmo. Tem alguns anos que prendemos ele por bater na mulher, ficou na cadeia algumas semanas. Joguei cartas com ele, uma coisa que sempre faço quando prendemos um dos garotos de Rake. Dou a eles uma cela especial, comida melhor, passes para o fim de semana.

– As vantagens da irmandade – Paul disse.

– Mais ou menos isso. Você vai entender melhor quando eu botar o seu pequeno traseiro de banqueiro no xadrez.

– O que tem ele, esse tal de Andy?

– Estávamos conversando um dia e perguntei a Tugdale o que tinha acontecido no intervalo do jogo de 87. Sua boca ficou fechada como uma ostra, não disse uma palavra. Esperei alguns dias, tentei outra vez. Finalmente ele disse que Silo tinha expulsado os treinadores do vestiário, e mandou que ficassem longe do campo. Disse que teve uma discussão séria entre Rake e Neely. Perguntei no que Neely tinha batido para quebrar a mão. Uma parede? Um armário? Um quadro-negro? Nada disso. Em outra pessoa? Bingo! Mas ele não quis dizer em quem.

– Ótimo trabalho policial, Mal – Paul disse. – Na próxima eleição vou votar em você.

– Podemos ir embora? – Neely disse. – Não gosto dessa história.

Seguiram em silêncio por meia hora. Ainda com todas as luzes acesas, Mal parecia cochilar ocasionalmente enquanto digeria o desjejum pesado.

– Eu posso dirigir – Neely disse, quando o carro foi parar no acostamento, esparramando cascalho para todo lado por uns oitocentos metros.

– Não pode. É ilegal – Mal resmungou, acordando de repente.

Cinco minutos depois ele estava quase dormindo outra vez. Neely resolveu que uma conversa o manteria acordado.

– Você prendeu Jesse? – Neely perguntou, apertando mais o cinto de segurança.

– Não. O pessoal do estado o pegou. – Mal tirou um cigarro do bolso. Tinha uma história para contar, por isso ele se aprumou. – Eles expulsaram o cara do time de Miami e até do colégio, escapou por pouco de ser preso, e não demorou em voltar para cá. O pobre coitado estava viciado e não conseguia deixar a droga. A família tentou de tudo, reabilitação, isolamento, aconselhamento, toda essa porra. Quase foi à falência. Que diabo, isso matou o pai dele! A família Trapp antes tinha dois mil acres da melhor terra daqui. Agora não tem nada. Sua pobre mãe mora naquela casa grande com o telhado desmoronando.

– E então? – Paul disse, prestimosamente, do banco de trás.

– Então, Jesse começou a vender a droga e é claro que não podia se contentar em ser peixe pequeno. Tinha alguns contatos em Dade County, uma coisa levou à outra e em pouco tempo ele tinha um bom negócio. Uma organização própria, e ele era muito ambicioso.

– Alguém foi morto? – Paul perguntou.

– Eu ia chegar lá – Mal rosnou para o retrovisor.

– Eu só queria ajudar.

– Eu sempre quis um banqueiro no banco de trás do meu carro. Um cara de colarinho branco.

– E eu sempre quis executar a hipoteca de um xerife.

– Trégua – Neely disse. – Você estava chegando à melhor parte.

Mal mudou a marcha do carro, com a barriga encostada na direção. Lançou mais um olhar duro pelo retrovisor e depois continuou:

– Eles pegaram um avião, ameaçaram ele com trinta anos de prisão e com sodomia, e convenceram ele a cooperar. O cara armou uma entrega com a droga escondida nas árvores e debaixo das rochas. O negócio não deu certo, armas foram usadas e tiros disparados. Um viciado levou uma bala na cabeça e morreu imediatamente. O avião foi ferido, mas sobreviveu. Jesse não estava nem perto, mas aquela era gente do seu bando. Ele se tornou prioridade para a polícia e em um ano estava na frente do juiz, recebendo vinte e oito anos de prisão, sem condicional.

– Vinte e oito anos! – Neely repetiu.

– Isso mesmo. Eu estava no tribunal e fiquei até com pena do infeliz. Ele era um cara que tinha tudo para jogar na Liga Nacional de Futebol. Tamanho, velocidade, era mau como o diabo e, além disso, treinado por Rake desde os catorze anos. Rake sempre dizia que se Jesse tivesse ido para A&M, não teria acabado daquele jeito. Rake também estava no tribunal

– Há quanto tempo ele está preso? – Neely perguntou.

– Nove, talvez dez anos. Eu não contei. Vocês estão com fome?

– Acabamos de comer – Neely disse.

– Você não pode estar com fome outra vez! – Paul disse.

– Não. Mas tem um lugarzinho logo adiante, onde a senhora Armstrong faz doce de nozes com chocolate maravilhoso. Detesto passar por lá sem parar.

– Vamos direto em frente – Neely disse. – Tenha força de vontade, Mal.

– Você consegue, Mal – Paul disse do banco de trás.

A Casa de Detenção Buford ficava num campo sem árvores, no fim de uma estrada deserta asfaltada, ladeada por quilômetros de cerca de metal. Neely ficou deprimido antes mesmo de ver o primeiro prédio.

Mal tinha combinado tudo por telefone e eles passaram pelos portões e entraram na prisão. Fizeram baldeação para outro veículo num posto de controle, substituindo o espaçoso carro patrulha pelos bancos estreitos de um carrinho de golfe adaptado. Mal foi na frente, falando sem parar com o motorista, um guarda com tanta munição e armas quanto o xerife. Neely e Paul foram no banco traseiro, virados para trás, e passaram por várias cercas de malha de metal e arame farpado. Olharam com atenção quando passaram pelo Campo A, um longo e soturno prédio de concreto com prisioneiros sentados sem fazer nada nos degraus da frente. Num dos lados, estava havendo um animado jogo de basquete. Todos os jogadores eram negros. No outro lado, acontecia um jogo de vôlei com todos os jogadores brancos. Os Campos B, C e D eram igualmente sinistros.

Como alguém pode sobreviver num lugar como esse? Neely pensou.

Viraram num cruzamento e logo estavam no Campo E, que parecia mais novo. Pararam no Campo F e seguiram a pé por cinqüenta metros, até onde a cerca fazia um ângulo de noventa graus. O guarda murmurou alguma coisa no rádio, apontou e disse:

– Sigam aquela cerca até o poste branco. Ele logo estará lá.

Neely e Paul começaram a andar ao lado da cerca onde a grama fora recentemente aparada. Mal e o guarda ficaram parados e sem demonstrar interesse.

Atrás do prédio e ao lado da quadra de basquete havia uma plataforma de concreto e espalhados em cima dela todos os tipos de halteres, pranchas para exercício e pilhas de pesos. Alguns homens brancos e negros levantavam pesos sob o sol da manhã, de peito nu e costas brilhando de suor. Evidentemente, eles levantavam pesos durante horas todos os dias.

– Lá está ele – Paul disse. – Saindo da prancha de exercício à esquerda.

– Sim, é o Jesse – Neely disse, mesmerizado com uma cena que pouca gente via.

Um encarregado dos prisioneiros se aproximou e falou com Jesse Trapp. Ele virou a cabeça rapidamente e procurou ao lado da cerca até ver os dois homens. Jogou a toalha num banco e começou a atravessar a plataforma, deliberadamente e devagar, com o passo de um dos Spartans. Atravessou a quadra vazia de basquete e chegou à grama que acompanhava a cerca do Campo F.

À distância de quarenta jardas ele parecia enorme, mas quando se aproximou a enormidade do seu peito, pescoço e braços era impressionante. Tinham jogado com ele uma temporada – ele era veterano quando Neely e Paul eram calouros – e já tinham visto Jesse despido no vestiário e na sala de pesagem, se exercitando com halteres pesados. Eles estavam presentes quando Jesse alcançou o recorde dos Spartans no levantamento de peso.

Ele parecia duas vezes maior agora; o pescoço era da grossura de um toco de carvalho, os ombros largos como uma porta. Seus bíceps e tríceps eram muitas vezes maiores do que o normal. Seu abdômen parecia uma rua de paralelepípedos.

O cabelo cortado curto aumentava a simetria da cabeça quadrada e quando parou e olhou para baixo, para eles, Jesse sorriu.

– Oi, pessoal – ele disse, ainda ofegante por causa do último exercício.

– Oi, Jesse – Paul disse.

– Como vai? – Neely disse.

– Tô legal, não posso me queixar. É bom ver vocês. Não recebo muitas visitas.

– Temos más notícias, Jesse – Paul disse.

– Eu imaginei.

– Rake está morto. Morreu ontem à noite.

Jesse abaixou o queixo até o peito maciço. Ele pareceu encolher um pouco da cintura para cima quando ouviu a notícia.

– Minha mãe me escreveu contando que ele estava doente – ele disse, com os olhos fechados.

– Foi câncer. Diagnosticado mais ou menos há um ano, mas o fim chegou bem depressa.

– Merda! Sempre pensei que Rake ia viver para sempre.

– Acho que todos nós pensávamos – Neely disse.

Dez anos na prisão tinham ensinado Jesse a controlar qualquer emoção que por acaso viesse a sentir. Engoliu em seco e abriu os olhos.

– Obrigado por terem vindo. Não precisava.

– Queríamos ver você, Jesse – Neely disse. – Penso sempre em você.

– O grande Neely Crenshaw.

– Isso foi há muito tempo – Neely disse.

– Por que não me escreve? Tenho mais dezoito anos aqui.

– Vou escrever, Jesse. Prometo.

– Valeu.

Paul chutou a grama.

– Escuta, Jesse, amanhã haverá uma homenagem fúnebre no campo. A maioria dos garotos de Rake estará lá para se despedir. Mal acha que pode conseguir um pistolão e arrumar um passe para você.

– De jeito nenhum, cara.

– Você tem uma porção de amigos lá, Jesse.

– Ex-amigos. Paul, é gente que eu desapontei. Todos vão apontar e dizer: "Olha lá o Jesse Trapp. Ele podia ter sido grande, mas se meteu com drogas e arruinou a vida. Aprendam com ele, meninos. Fiquem longe das drogas". Não, obrigado. Não quero chamar atenção.

– Rake ia querer que você estivesse lá – Neely disse.

O queixo encostou no peito outra vez e os olhos se fecharam. Passou-se um momento.

– Eu amava Eddie Rake como nunca amei ninguém na vida. Ele estava no tribunal no dia em que me condenaram. Arruinei minha vida e fui humilhado por isso. Destruí meus pais e isso me machucou pra caramba. Mas o que mais doeu foi o fato de ter falhado com Rake. Ainda dói. Vocês podem enterrar Rake sem mim.

– Você é quem sabe, Jesse – Paul disse.

– Valeu, mas eu não posso aceitar o convite.

Houve uma longa pausa, com os três olhando para a grama. Finalmente Paul disse:

– Vejo sua mãe uma vez por semana. Ela está bem.

– Obrigado. Ela me visita no terceiro domingo de cada mês. Você devia vir aqui algumas vezes, só pra dizer oi. É muito solitário aqui.

– Vou fazer isso, Jesse.

– Promete?

– Prometo. E gostaria que você pensasse sobre amanhã.

– Eu já pensei. Vou rezar por Rake, vocês podem enterrar ele.

– É justo.

Jesse olhou para a direita.

– Aquele é Mal?

– É, viemos com ele.

– Manda ele tomar no cu.

– Vou mandar, Jesse – Paul disse. – Com prazer.

– Valeu, gente – Jesse disse. Virou as costas e foi embora.

Às quatro horas da tarde de quinta-feira a multidão abriu caminho no portão do Rake Field e o carro fúnebre entrou de marcha à ré. A porta traseira foi aberta, oito homens fizeram duas filas e tiraram o caixão. Nenhum dos oito era ex-jogador dos Spartans. Eddie Rake tinha pensado muito nos detalhes finais e resolvera não indicar favoritos. Escolheu os oito homens para carregar seu caixão entre seus treinadores assistentes.

A procissão movia-se lentamente na pista. O caixão foi seguido por Lila Rake, suas três filhas com os maridos e uma bela coleção de netos. Atrás deles, um padre. Vinha então o conjunto de tambores da banda dos Spartans, batendo suavemente quando passaram pelas arquibancadas dos torcedores locais.

Entre a marca das quarenta jardas, na lateral dos Spartans, estava armada uma grande tenda, os postes ancorados em baldes de areia para proteger a sagrada grama do Rake Field. Na linha das cinqüenta jardas, exatamente no lugar de onde ele tinha treinado os jogadores por tanto tempo e tão bem, eles pararam com o caixão. Colocaram-no sobre a antiga mesa de velório irlandesa que pertencia a uma amiga de Lila, e logo foi rodeado de flores. Quando o treinador estava posicionado, a família se aproximou do caixão para uma breve oração. Depois se enfileiraram para receber os pêsames.

A fila se estendia pela pista até fora do portão e os carros na estrada que levava ao Rake Field seguiam com os pára-choques encostados.

Neely passou três vezes pela casa antes de ter coragem de parar. Um carro alugado estava à frente da residência. Cameron já tinha voltado. Muito depois do jantar ele bateu na porta, quase tão nervoso quanto da primeira vez. Naquele dia, Neely com quinze anos, uma nova carteira de motorista, o carro dos pais, vinte dólares no bolso, a penugem do rosto raspada, chegou para levar Cameron ao primeiro encontro verdadeiro dos dois.

Cem anos atrás...

Como de hábito, a sra. Lane abriu a porta mas não reconheceu Neely.

– Boa-noite – ela disse suavemente. Era ainda bonita, cortês, recusando-se a envelhecer.

– Sra. Lane, sou eu, Neely Crenshaw.

Assim que ele começou a falar, ela o reconheceu.

– Ora, sim, Neely, como vai?

Seu nome devia ter sido um palavrão naquela casa

por tanto tempo que ele não sabia como seria recebido. Mas a família Lane era educada, um pouco mais instruída e mais rica do que a maioria do povo de Messina. Se tinham algum ressentimento – e Neely estava certo de que tinham – não iam demonstrar. Pelo menos, não os pais dela.

– Vou bem – ele disse.

– Não quer entrar? – ela convidou, abrindo mais a porta, num gesto meio a contragosto.

– Claro, obrigado. – No vestíbulo ele olhou em volta e disse: – Ainda é uma bela casa, sra. Lane.

– Obrigada. Aceita um chá?

– Não, obrigado. Na verdade, eu queria falar com Cameron. Ela está?

– Sim, está.

– Eu gostaria de dizer olá.

– Eu sinto muito sobre o treinador. Sei que ele significava tudo para vocês.

– Sim, senhora. – Ele olhou em volta, procurando ouvir vozes dentro da casa.

– Vou chamar a Cameron – ela disse e desapareceu. Neely esperou um tempão e finalmente olhou para a rua escura pela grande janela oval da porta da frente.

Ouviu passos atrás dele, e uma voz familiar.

– Olá, Neely – Cameron disse.

Neely virou para trás e seus olhos se encontraram. Por um momento ele não encontrou palavras, então deu de ombros e disse:

– Eu estava passando por aqui e pensei em dizer olá. Faz muito tempo.

– Sim, faz.

Neely percebeu então a dimensão do seu erro.

Ela estava muito mais bonita do que no colégio, com o cabelo avermelhado e farto preso num rabo-de-cavalo. Os olhos azul-escuros adornados com óculos de grife. Vestia um suéter grande de algodão e uma jeans desbotada e justa que demonstrava que ela ainda estava em forma.

– Você está ótima – ele disse com admiração.

– Você também.

– Podemos conversar?

– Sobre o quê?

– Vida, amor, futebol. Há uma grande probabilidade de que nunca mais nos vejamos e quero dizer uma coisa.

Cameron abriu a porta. Saíram da casa e sentaram nos degraus da frente. Cameron teve o cuidado de deixar um grande espaço entre os dois. Passaram cinco minutos em silêncio.

– Eu estive com Nat – ele disse. – Ele me contou que você mora em Chicago, está bem casada e tem duas filhas pequenas.

– Isso mesmo.

– Com quem você casou?

– Com Jack.

– Que Jack?

– Jack Seawright.

– Ele é de onde?

– Eu o conheci em Washington, onde trabalhei depois da faculdade.

– Qual a idade das suas filhas?

– Cinco e três.

– O que Jack faz?

– *Bagels*.

– *Bagels*?

– Sim, aqueles pãezinhos judaicos redondos. Não tínhamos *bagels* em Messina.

– Tudo bem, está dizendo que ele tem uma loja de *bagels*?

– Lojas.

– Mais de uma?

– Cento e quarenta e seis.

– Então estão bem?

– A companhia dele vale oito milhões.

– Nossa! Com boa vontade, minha pequena companhia vale doze mil.

– Você disse que queria me falar uma coisa. – Cameron não tinha demonstrado o menor sinal de quebrar o gelo. Não parecia interessada em qualquer detalhe da vida dele.

Neely ouviu passos leves no assoalho do vestíbulo. Sem dúvida a sra. Lane estava tentando ouvir a conversa. Algumas coisas jamais mudavam.

O vento ficou um pouco mais forte, espalhando folhas de carvalho na calçada de tijolos à frente deles. Neely esfregou as mãos e disse:

– Muito bem, lá vai. Há muito tempo eu fiz uma coisa ruim, da qual me envergonhei durante muitos anos. Eu estava errado. Foi uma coisa estúpida, idiota, egoísta, perniciosa e quanto mais velho eu ficava, mais me arrependia. Estou pedindo desculpas, Cameron, peço que me perdoe.

– Está perdoado. Esqueça.

– Não posso esquecer. E não seja tão boazinha.

– Éramos duas crianças, Neely. Dezesseis anos. Foi em outra vida.

– Estávamos apaixonados, Cameron. Eu adorei você desde que tínhamos dez anos e ficávamos de mãos dadas atrás do ginásio de esportes para que os outros meninos não me vissem.

– Francamente, não quero ouvir isso.

– Tudo bem. Mas posso desabafar? E quer por favor tentar fazer com que seja doloroso?

– Eu superei, finalmente, Neely.

– Talvez eu não tenha superado.

– Viva sua vida e cresça enquanto tem tempo. Você não é mais um herói do futebol.

– Lá vai você. Era o que eu queria ouvir. Descarregue a arma.

– Você veio aqui para brigar, Neely?

– Não, vim dizer que estou arrependido.

– Você já disse. Agora, por que não vai embora?

Neely mordeu a língua e deixou passar alguns segundos.

– Por que quer que eu vá embora?

– Porque não gosto de você, Neely.

– Não deve mesmo gostar.

– Levei dez anos para me livrar de você. Quando me apaixonei por Jack consegui finalmente esquecer. Eu esperava nunca mais ver você.

– Alguma vez pensa em mim?

– Não.

– Nunca?

– Talvez uma vez por ano, num momento de fraqueza. Uma vez Jack assistia a um jogo de futebol. O *quarter-*

back se machucou e saiu de maca do campo. Pensei em você então.

– Um pensamento agradável.

– Não desagradável.

– Eu penso em você o tempo todo.

Houve uma leve rachadura no gelo quando ela respirou fundo e pareceu frustrada. Inclinou-se para a frente e apoiou os cotovelos nos joelhos. A porta se abriu atrás deles e a sra. Lane apareceu com uma bandeja.

– Achei que gostariam de chocolate quente – ela disse, pondo a bandeja no chão, no grande espaço entre os dois.

– Obrigado – Neely disse.

– Para espantar o frio – a sra. Lane disse. – Cameron, você devia calçar meias.

– Sim, mamãe.

A porta se fechou e eles ignoraram o chocolate quente. Neely queria uma longa conversa, que abordasse vários assuntos e cobrisse muitos anos. No passado Cameron gostou dele, muito, e ele queria confirmar isso. Queria lágrimas e raiva, talvez uma ou duas boas brigas. E queria ser perdoado de verdade.

– Vocês estavam mesmo assistindo a um jogo de futebol? – ele perguntou.

– Não, Jack é que estava assistindo. Eu passei por perto por acaso.

– Ele gosta de futebol?

– Na verdade, não. Se gostasse, eu não teria me casado com ele.

– Então você ainda odeia futebol?

– Pode-se dizer que sim. Estudei em Hollins, uma instituição só para mulheres, assim podia evitar o futebol. Minha filha mais velha começou a estudar numa escola particular, que não tem futebol.

– Então, por que você está aqui agora?

– Por Lila. Ela me deu aulas de piano durante doze anos.

– Certo.

– Certamente não estou aqui para homenagear Eddie Rake. – Cameron segurou a xícara com as duas mãos. Neely fez o mesmo.

Quando ficou evidente que ele não tinha pressa de ir embora, ela se abriu um pouco.

– O irmão de uma amiga minha de Hollins jogava futebol no State. Ela assistia a um jogo, quando estávamos no segundo ano, e eu entrei por acaso no quarto dela. Lá estava o grande Neely Crenshaw movimentando o time da Tech por todo o campo, os torcedores enlouquecidos, os narradores impressionados com o grande e jovem *quarterback*. Eu pensei: "Muito bem, ótimo. É o que ele sempre quis. Um verdadeiro herói. A adoração das massas. As garotas correndo atrás dele no campo, atirando-se em cima dele. Adulação constante. O *all-American* deles. Esse é o Neely."

– Duas semanas depois eu estava no hospital.

Ela deu de ombros.

– Eu não sabia. Não estava acompanhando sua grande carreira.

– Quem contou?

– Vim para casa nas festas de Natal e almocei com Nat. Ele disse que você nunca mais ia jogar. É um esporte muito bruto. Meninos e rapazes estragam seus corpos para sempre.

– Sem dúvida.

– Então me diga, Neely, o que aconteceu com as garotas? Quando você deixa de ser um herói, o que acontece com todas aquelas pequenas prostitutas que ficavam na sua cola?

– Elas desaparecem.

– Isso deve ter sido a morte para você.

"Agora estamos fazendo progresso", Neely pensou. "Vamos nos livrar do veneno."

– A lesão não foi nada agradável.

– Então você se tornou uma pessoa comum, como o resto de nós?

– Acho que sim, mas carrego um peso enorme. Não é fácil ser um herói esquecido.

– E ainda está se adaptando?

– Quando se é famoso aos dezoito anos, a gente passa o resto da vida desbotando. Você sonha com os dias de glória, mas sabe que desapareceram para sempre. Eu queria nunca ter visto uma bola de futebol.

– Não acredito nisso.

– Eu teria sido um cara comum com duas pernas perfeitas. E não teria cometido aquele erro com você.

– Ora, por favor, Neely, não seja tolo. Tínhamos só dezesseis anos.

Outra longa pausa enquanto eles tomavam o chocolate e se preparavam para a próxima saraivada de balas. Há semanas Neely planejava o encontro. Cameron não tinha idéia de que o veria outra vez. Mas Neely sabia que o elemento surpresa não ia ajudá-lo. Cameron tinha todas as respostas.

– Você não está falando muito – ele disse.

– Não tenho nada a dizer.

– Ora, deixa disso, Cameron, esta é sua chance de descarregar tudo.

– Por que eu faria isso? Você está aqui tentando me obrigar a reviver más lembranças que levei anos para esquecer. Por que pensa que eu quero voltar à época do colégio e me magoar outra vez? Já superei isso, Neely. Obviamente, você não.

– Você quer notícias da Screamer?

– Não, porque quereria?

– Ela é garçonete num bar num cassino de segunda classe em Las Vegas, está gorda e feia; aos trinta e dois anos parece que tem cinqüenta, segundo Paul Curry, que a viu lá. Ao que parece ela esteve em Hollywood, tentou subir deitando com quem podia e foi massacrada por milhões de outras rainhas de cidades pequenas que tentavam subir usando o mesmo método.

– Isso não me surpreende.

– Paul disse que ela parece cansada.

– Tenho certeza disso. Ela já parecia cansada no colégio.

– Isso faz você se sentir melhor?

– Eu estava melhor antes de você aparecer, Neely. Não estou interessada na sua rainha da cidade.

– Ora vamos, Cameron. Seja sincera. Deve ser uma satisfação saber que Screamer está perto da sarjeta, enquanto sua vida parece ir muito bem. Você venceu.

– Eu não estava competindo. Não me importo com isso.

– Você se importava naquele tempo.

Cameron pôs a xícara na bandeja e se inclinou para a frente outra vez.

– O que você quer que lhe diga, Neely? O óbvio? Eu amei você loucamente quando era adolescente. Não é surpresa porque eu dizia isso todos os dias. E você me dizia o mesmo. Estávamos sempre juntos, nas mesmas classes, íamos juntos a toda parte. Mas você se tornou um grande herói do futebol e todas queriam um pedaço. Especialmente Screamer, de pernas longas, bunda bonitinha, saias curtas, peitos grandes e cabelos louros. Ela conseguiu levar você para o banco de trás do carro dela. Você resolveu que queria mais, eu era uma menina decente e paguei caro por isso. Você partiu meu coração, me humilhou na frente de todo mundo e estragou minha vida por um longo tempo. Eu não via a hora de sair desta cidade.

– Ainda não posso acreditar que eu tenha feito isso.

– Mas acontece que fez. – Ela disse isso com voz irritada e levemente embargada. Cerrou os dentes, resolvida a não demonstrar emoção. Neely não ia fazê-la chorar outra vez.

– Eu sinto muito. – Neely se levantou devagar, procurando não se apoiar no joelho esquerdo. Tocou no braço dela e disse: – Muito obrigado pela chance de dizer isso.

– Não tem de quê.

– Adeus.

Ele andou pela passagem de tijolos, claudicando um pouco, até o portão. Quando chegou perto do carro, Cameron disse:

– Neely, espere.

Por causa do seu romance de alta voltagem com Screamer, agora também chamada de Tessa Canyon, Neely conhecia todas as vielas e ruas desertas de Messina. No alto de Karr's Hill, quando fizeram uma breve pausa para olhar para o campo de futebol, a fila dos pêsames ainda se estendia por toda a pista e saía pelo portão. As luzes no lado dos Spartans estavam acesas. O estacionamento estava cheio de carros que entravam e saíam.

– Dizem que Rake sentava aqui, depois que o despediram, para assistir aos jogos.

– Eles deviam ter posto Rake na cadeia – Cameron disse, suas únicas palavras desde que tinham deixado a casa de sua mãe.

Estacionaram perto de um campo de treinamento e entraram sorrateiramente por um portão no lado dos torcedores visitantes. Subiram para o alto das arquibancadas e se sentaram, sempre mantendo distância, porém mais perto do que na varanda. Por longo tempo, olharam para a cena no outro lado do campo.

A tenda branca se erguia como uma pequena pirâmide à frente do banco dos Spartans. O caixão era quase invisível debaixo dela. Uma multidão a rodeava, fazendo a vigília. Lila e a família tinham ido embora. As flores se acumulavam em volta da tenda e nos lados do campo. Uma procissão silenciosa seguia lentamente na pista, esperando pacientemente para assinar o registro, ver o caixão, talvez derramar uma lágrima e dizer adeus à lenda. No alto da tribuna, atrás da fila, os garotos de Rake de todas as idades formavam pequenos grupos, alguns falando, outros rindo, a maioria apenas olhando para o campo, para a tenda e para o caixão.

Havia só duas pessoas na tribuna dos visitantes, completamente isoladas.

Cameron foi a primeira a falar suavemente.

– Quem são aqueles lá em cima nas arquibancadas?

– Jogadores. Eu estive lá a noite passada e na noite anterior, esperando Rake morrer.

– Então, todos estão voltando para casa?

– A maior parte. Você voltou.

– É claro. Estamos enterrando nosso cidadão mais famoso.

– Você não gostava de Rake, gostava?

– Não era fã dele. Lila é uma mulher forte, mas não era páreo para ele. Rake era um ditador no campo e tinha dificuldade para mudar quando ia para casa. Não, eu não gostava de Eddie Rake.

– Você odiava futebol.

– Eu odiava você e isso me fazia odiar futebol.

– Assim é que se fala.

– Era idiota. Homens crescidos chorando quando perdiam um jogo. A cidade inteira vivendo e morrendo a cada partida. Desjejuns com preces todas as sextas-feiras de manhã, como se Deus se importasse com quem ganha um jogo de futebol de colégio. Mais dinheiro foi gasto no time de futebol do que em todos os outros grupos de estudantes juntos. Garotos de dezessete anos eram adorados e logo se convenciam de que realmente mereciam ser adorados. Havia dois pesos e duas medidas, se um jogador de futebol colava num teste, todos se esforçavam para esconder a falta. Se um-não atleta colava, era suspenso. As menininhas idiotas mal podiam esperar para se entregar a um jogador dos Spartans. Tudo para o bem do time.

Messina precisa do sacrifício das suas jovens virgens. Oh, e quase esqueci. As Animadoras! Cada jogador tinha uma pequena escrava que fazia biscoitos para ele às quartas-feiras, colocava os anúncios do jogo na frente da casa dele às quintas-feiras e dava polimento no seu capacete às sextas-feiras. O que vocês faziam no sábado, Neely, uma rapidinha?

– Só se eu quisesse.

– Que coisa mais triste. Obrigada por ter me posto fora dessa vida.

Olhando para trás com a visão clara de quinze anos depois, tudo parecia verdadeiramente idiota.

– Mas você ia aos jogos – Neely disse.

– A alguns deles. Tem idéia do que esta cidade parece na noite de sexta-feira longe do campo? Não tem vivalma em lugar nenhum. Phoebe Cox e eu íamos para o lado dos torcedores visitantes para ver o jogo. Sempre queríamos que Messina perdesse, mas isso nunca acontecia. Zombávamos da banda, das líderes de torcida, do Esquadrão das Animadoras e de tudo o mais porque não éramos parte daquilo. Eu mal podia esperar para ir à faculdade.

– Eu sabia que você estava aqui em cima, nas arquibancadas.

– Não, não sabia.

– Eu juro que sabia.

Risadas discretas soaram no campo quando outra história sobre Rake foi contada por um dos seus garotos. Neely mal podia distinguir Silo e Paul num grupo com mais dez pessoas, logo abaixo da tribuna da imprensa. A cerveja fluía.

– Depois que você mergulhou no banco traseiro – ela disse – e eu fui jogada para escanteio, ainda passamos dois anos neste lugar. Havia momentos em que eu via você no corredor, na biblioteca ou até mesmo em sala de aula e nossos olhos se encontravam por um segundo. Aí desapareciam o sorriso atrevido e o ar arrogante do herói de todo o mundo. Por uma fração de segundo você olhava para mim como uma pessoa de verdade, e eu sabia que você ainda se importava. Eu seria até capaz de receber você de volta num piscar de olhos.

– E eu queria você.

– Isso é difícil de acreditar.

– É verdade.

– Mas, é claro, havia as delícias do sexo com a Screamer.

– Eu não podia fazer nada.

– Meus parabéns, Neely. Você e Screamer começaram suas aventuras aos dezesseis anos. Olhe para ela agora. Gorda e cansada.

– Você alguma vez ouviu o boato de que ela estava grávida?

– Está brincando? Boatos são como mosquitos nesta cidade.

– No verão antes do nosso último ano, ela me disse que estava grávida.

– Que surpresa! Biologia básica.

– Então fomos a Atlanta, ela fez o aborto e voltamos para Messina. Juro que eu nunca contei a ninguém.

– Depois disso você descansou vinte e quatro horas e voltou à rotina.

– Quase isso.

– Escuta, Neely. Francamente, estou cansada da sua vida sexual. Foi a minha maldição durante muitos anos. Ou você muda de assunto ou vou embora daqui.

Outra pausa longa e constrangedora enquanto olhavam para a fila e pensavam no que iam dizer. Uma brisa soprava nos seus rostos e ela cruzou os braços. Neely lutava contra o desejo de tomá-la nos braços. Não ia dar certo.

– Você não perguntou nada sobre a minha vida hoje em dia – ele disse.

– Desculpe. Deixei de pensar em você há muito tempo. Não posso mentir, Neely. Você não me interessa mais.

– Você sempre foi muito direta.

– Ser direta é bom. Economiza muito tempo.

– Vendo imóveis, moro sozinho com um cachorro, saio com uma moça de quem realmente não gosto, saio com outra que tem dois filhos e na verdade sinto falta da minha ex-mulher.

– Por que se divorciaram?

– Ela teve um colapso nervoso. Sofreu dois abortos naturais, o segundo no quarto mês. Cometi o erro de dizer a ela que no passado eu paguei um aborto e ela me culpou pelos abortos que teve. Ela estava certa. O verdadeiro preço de um aborto é muito mais do que os míseros trezentos dólares que a clínica cobra.

– Eu sinto muito.

– Quando faltava uma semana para completar dez anos da minha pequena viagem com Screamer a Atlanta, minha mulher teve o segundo aborto. Um menino.

– Eu quero ir embora daqui agora.
– Eu sinto muito.

Sentaram outra vez nos degraus na frente da casa. As luzes estavam apagadas. O sr. e a sra. Lane dormiam. Passava das onze horas.

– Acho que você deve ir agora – Cameron disse, depois de alguns minutos.

– Tem razão.

– Você disse que pensa em mim o tempo todo. Estou curiosa para saber por quê.

– Eu não tinha idéia do quanto é doloroso um coração partido até minha mulher ir embora. Foi um pesadelo. Pela primeira vez compreendi o que você tinha sofrido. Compreendi o quanto eu fui cruel.

– Você supera. Leva mais ou menos dez anos.

– Obrigado.

Neely deu alguns passos na escada de tijolos e então voltou.

– Qual a idade de Jack? – ele perguntou.

– Trinta e sete.

– Então, segundo as estatísticas, ele deve morrer primeiro. Telefone para mim quando isso acontecer. Estarei esperando.

– Claro que estará.

– Eu juro. Não é reconfortante saber que alguém sempre estará esperando por você?

– Eu não tinha pensado nisso.

Neely se inclinou e olhou nos olhos dela.

– Posso beijar seu rosto?

– Não.

– Há algo de mágico no primeiro amor, Cameron, alguma coisa de que sempre sentirei falta.

– Adeus, Neely.

– Posso dizer que amo você?

– Não. Adeus, Neely.

Sexta-feira

Messina pranteou seu morto como nunca antes. Às dez horas da manhã de sexta-feira, as lojas, os cafés e os escritórios em volta da praça estavam fechados. Não houve aulas nos colégios. O tribunal foi fechado. As fábricas na periferia da cidade fecharam; era como um feriado, embora poucos tivessem disposição para comemorar.

Mal Brown posicionou seus assistentes em volta do colégio, onde o tráfego do meio da manhã seguia pára-choque a pára-choque até o Rake Field. Às onze horas, as arquibancadas dos torcedores locais estavam quase todas ocupadas, e os ex-jogadores, antigos heróis, começavam a se reunir em volta da tenda na linha das cinqüenta jardas. Muitos deles vestiam as camisas verdes, um presente para todos os estudantes que se formavam. E quase todas estavam apertadas nas cinturas. Uns poucos, os advogados, médicos e banqueiros vestiam casacos esportivos por cima da camisa, mas o verde era visível.

Nas arquibancadas, lá em cima, os torcedores olhavam para baixo, para a tenda e para o campo, aproveitando a oportunidade de identificar seus antigos heróis. Para os que tinham seus números excluídos, o entusiasmo era maior. "Lá está Roman Armstead, número 81, jogava nos Packers." "Lá está Neely, número 19."

O quarteto de cordas da classe dos formandos tocava debaixo da tenda e o sistema de som levava a música de uma extremidade à outra do campo. A cidade continuava a chegar.

Não ia haver caixão. Eddie Rake já estava debaixo da terra. Lila e a família chegaram sem cerimônia e passaram meia hora abraçando antigos jogadores à frente da tenda. Um pouco antes do meio-dia, o padre apareceu e logo depois um coro, mas a multidão ainda não estava toda acomodada. Quando as arquibancadas dos Spartans lotaram, o povo começou a se enfileirar em volta da pista. Sem pressa. Aquele era um momento que Messina queria lembrar com carinho por muito tempo.

Rake queria seus garotos no campo, reunidos em volta do pequeno pódio perto da tenda. E queria todos com a camisa verde, um pedido que fora discretamente revelado nos seus últimos dias. Uma lona cobria a pista e várias centenas de cadeiras dobráveis estavam dispostas num semicírculo. Mais ou menos ao meio-dia e meia, o padre McCabe deu o sinal e os jogadores começaram a se sentar; Lila e família se acomodaram nas primeiras filas.

Neely estava entre Paul Curry e Silo Mooney, com trinta outros membros do time de 1987 em volta. Dois estavam mortos e seis tinham desaparecido. O resto não conseguiu fazer a viagem.

Uma gaita-de-foles no gol, ao norte, começou a tocar seu lamento e a multidão ficou quieta. Quase imediatamente Silo começou a enxugar as lágrimas e não foi só ele. Quando a última nota melancólica pairou sobre o campo, todos estavam prontos para uma emoção mais forte. O padre McCabe se aproximou lentamente do pódio improvisado e ajustou o microfone.

– Boa tarde – ele disse em voz alta e estridente, transmitida pelos alto-falantes do estádio e que podia ser ouvida a um quilômetro de distância. – Sejam bem-vindos à nossa comemoração da vida de Eddie Rake. Em nome de Lila, suas três filhas, oito netos e o resto da família, dou as boas-vindas a todos e agradeço por terem vindo.

Virou uma página das suas anotações.

– Carl Edward Rake nasceu há setenta e dois anos em Gaithersburg, Maryland. Há quarenta e oito anos foi contratado pela diretoria do Colégio Messina como treinador-chefe de futebol. Estava então com vinte e oito anos, não tinha experiência como treinador e sempre dizia que aceitou o cargo porque ninguém mais queria. Ele treinou os jogadores daqui por trinta e quatro anos, ganhou mais de quatrocentos jogos, treze títulos estaduais; todos nós sabemos o resto dos números. O mais importante é que ele influenciou muito as nossas vidas. O treinador Rake morreu na noite de quarta-feira. Foi sepultado hoje de manhã numa cerimônia privada, só para a família e, atendendo ao pedido do treinador e com o consentimento da família Reardon, foi enterrado ao lado de Scotty. O treinador Rake me disse na semana passada que estava sonhando com Scotty, disse que mal podia esperar para vê-lo, abraçá-lo com força e dizer-lhe o quanto sentia sua morte.

Neste exato momento, o padre fez uma pausa para permitir que isso comovesse o povo. Ele abriu a Bíblia.

Quando ia recomeçar a falar, houve uma pequena confusão na frente do portão de ferro. Um rádio foi ligado a todo o volume. Portas de carro bateram e vozes se ergueram. O povo começou a se espalhar. Padre McCabe parou e olhou, o que fez com que todos olhassem também.

Um homem gigantesco passou pelo portão com passo decidido e entrou na pista. Era Jesse Trapp, com um guarda da prisão de cada lado, segurando seus cotovelos. Vestia calça e camisa cáqui perfeitamente passadas, fornecidas pela prisão, e estava sem algemas. Os guardas, muito menores do que ele, estavam uniformizados. O povo ficou petrificado quando o reconheceu. Jesse Trapp caminhou ao longo das laterais de cabeça erguida. As costas retas, um homem orgulhoso, mas também com uma leve hesitação. Onde devia se sentar? Não ficaria deslocado? Seria bemvindo? Quando se aproximou do fim da arquibancada dos Spartans, alguém chamou sua atenção. Uma voz se ergueu e Jesse parou.

Era sua mãe, uma mulher pequenina guardando um lugar perto da cerca. Jesse correu para ela, abraçou-a com força por cima da cerca de metal enquanto os guardas se entreolhavam, certificando-se de que estava certo o prisioneiro abraçar a mãe.

A sra. Trapp tirou de um saco amarrotado de papel uma camisa verde número 56, excluída em 1985. Jesse a segurou e olhou para a pista, para os ex-jogadores; todos se esforçavam para vê-lo. Na frente das mesmas dez mil pessoas que antes gritavam para ele massacrar os adversários, desabotoou a camisa e a tirou. De repente, apareceram os músculos mais perfeitos e mais bronzeados que todos já tinham visto e ele pareceu fazer uma breve pausa para que pudessem desfrutar o momento. Padre McCabe esperou pacientemente, assim como o povo todo.

Jesse vestiu a camisa, puxou daqui e dali até ficar no lugar certo. A camisa ficou esticada sobre os bíceps e muito apertada no peito e em volta do pescoço, mas todos os outros ex-jogadores presentes teriam feito tudo para ficar tão bem com a antiga camisa quanto Jesse ficou. Estava folgada na cintura, e quando ele a pôs cuidadosamente para dentro da calça, parecia que as costuras iam se abrir. Jesse abraçou outra vez a mãe.

Alguém aplaudiu, e então várias pessoas aplaudiram de pé. Bem-vindo ao lar, Jesse, nós ainda o amamos. Rapidamente as arquibancadas rangeram quando todos se levantaram. Uma onda estrondosa de aplauso percorreu o Rake Field quando a cidade abraçou o herói decaído. Jesse agradeceu inclinando a cabeça, depois acenou desajeitadamente e continuou a andar devagar até o pódio. A ovação de pé ficou mais intensa quando ele apertou a mão do padre McCabe e abraçou Lila. Seguiu abraçando a fila dos ex-jogadores e finalmente encontrou uma cadeira vazia que pareceu curvar-se com seu peso. Quando sentou, lágrimas desceram pelo seu rosto.

Padre McCabe esperou que tudo ficasse quieto outra vez. Não haveria nenhuma pressa nesse dia, ninguém estava preocupado com o relógio. Ele ajustou o microfone novamente e disse:

– Um dos versos das escrituras favoritos do treinador Rake era o Salmo Vinte e Três. Nós o lemos juntos na segunda-feira. Suas palavras preferidas eram: "Ainda que eu ande pelo vale da sombra da morte, não temerei mal nenhum, porque tu estás comigo; o teu bordão e o teu cajado me consolam." Eddie Rake viveu sua vida sem medo. Seus jogadores aprenderam que os tímidos e medrosos não têm lugar entre os vitoriosos. Os que não se arriscam não são recompensados. Há alguns meses o treinador Rake aceitou a realidade de que sua morte era inevitável. Não tinha medo da doença e do sofrimento que viria. Não temia dizer adeus aos que amava. Não tinha medo de morrer. Sua fé em Deus era forte e inabalável. "A morte é apenas o começo", ele dizia.

Inclinando-se levemente, padre McCabe se afastou do pódio. Então, todo o coro feminino de uma igreja negra começou a cantarolar de boca fechada. Vestiam túnicas escarlates e douradas e depois de um breve aquecimento, passaram à apresentação impetuosa de "Amazing Grace". A música despertou emoções, como sempre acontece nessas ocasiões. E lembranças. Todos os ex-jogadores dos Spartans logo ficaram absortos nas próprias lembranças de Eddie Rake.

Para Neely as lembranças de Rake começavam sempre com o soco no rosto, o nariz quebrado, o murro que derrubou o treinador e a dramática volta para o título estadual. Ele sempre se esforçava para seguir adiante, para passar por aquele momento doloroso e recapturar os bons tempos.

Raro é o treinador capaz de motivar os jogadores a passar a vida inteira procurando sua aprovação. Desde a primeira vez em que Neely vestiu o uniforme, ele queria a atenção de Rake. E nos seis anos seguintes, em cada passe que dava, em cada corrida, cada jogo que memorizava, cada peso que levantava, cada hora que passava suando, cada discurso que fazia antes do jogo, cada *touchdown* que marcava, cada jogo que vencia, cada tentação à qual resistia, cada menção honrosa que recebia, ele ambicionava a aprovação de Eddie Rake. Quis ver a cara de Rake quando ganhou o Heisman. Sonhava com o telefonema de Rake quando a Tech ganhou o título nacional.

E raro é o treinador que provoca um sentimento de culpa que dura muito tempo depois de cada fracasso. Quando os médicos disseram a Neely que jamais poderia voltar a jogar, ele se sentiu como se tivesse falhado aos olhos de Rake. Quando seu casamento se dissolveu, ele quase podia ver a desaprovação de Rake. Quando sua carreira como corretor de imóveis seguia sem nenhuma ambição especial, ele sabia que Rake faria uma palestra censurando-o, se chegasse suficientemente perto para saber disso. Talvez a morte do treinador matasse o demônio que o atormentava, mas Neely tinha suas dúvidas.

Ellen Rake Young, a filha mais velha, foi para o pódio quando o coro terminou de cantar e desdobrou uma folha de papel. Como as irmãs, ela havia sensatamente fugido de Messina quando terminou o ensino médio e só voltava quando assuntos de família a obrigavam. A sombra do pai era grande demais para que seus filhos pudessem sobreviver num lugar tão pequeno. Ellen tinha quarenta e poucos anos, era psiquiatra em Boston e parecia completamente deslocada.

– Em nome de nossa família, agradeço suas preces e seu apoio nestas últimas semanas. Meu pai morreu com muita coragem e dignidade. Embora seus últimos anos não tivessem sido os melhores, ele amava esta cidade, seu povo e, especialmente, seus jogadores.

Amor era uma palavra que nenhum dos jogadores lembrava de ter ouvido o treinador usar. Se ele os amava, tinha um modo muito estranho de demonstrar.

– Meu pai me pediu para ler umas poucas palavras escritas por ele. – Ela ajustou os óculos de leitura, pigarreou e olhou para o papel que tinha na mão: "Este é Eddie Rake, falando do túmulo. Se estiverem chorando, por favor, parem." Isso provocou algumas risadas e um momento de ansiedade entre o povo: "Lágrimas nunca tiveram muita utilidade para mim. Minha vida agora está completa, portanto, não chorem por mim. E não chorem pelas lembranças. Nunca olhem para trás, ainda há muita coisa a ser feita. Sou um homem feliz e minha vida foi maravilhosa. Tive o bom senso de casar com Lila assim que consegui convencê-la a me aceitar e Deus nos abençoou com três belas filhas e, para completar, com oito netos perfeitos. Só isso é suficiente para qualquer homem. Mas Deus reservara muitas bênçãos para mim. Levou-me ao futebol e a Messina, meu lar. E aí encontrei vocês, meus amigos, e meus jogadores. Embora incapaz de demonstrar meus sentimentos, quero que meus jogadores saibam que amei cada um deles. Por que uma pessoa sã treina futebol em uma escola durante trinta anos? Para mim foi fácil. Eu amava meus jogadores. Queria ter sido capaz de dizer isso, mas simplesmente não fazia parte da minha natureza. Conseguimos muito, mas não vou falar nas vitórias e nos campeonatos. Preferi escolher este momento para falar sobre duas ocasiões das quais me arrependi." Ellen fez uma pausa, pigarreou outra vez, a multidão parecia prender a respiração: "Tenho somente dois arrependimentos em trinta e quatro anos. Como eu disse, sou um homem de sorte. O primeiro foi Scotty Reardon. Jamais imaginei que seria responsável pela morte de um dos meus jogadores, mas aceitei a culpa por sua morte. Segurá-lo nos braços quando ele morreu foi uma coisa que me fez chorar todos os dias. Expressei esses sentimentos aos pais dele e com o tempo acho que eles me perdoaram. Dependo desse perdão e o levo na minha morte. Estou com Scotty agora para toda a eternidade e olhando para baixo juntos, reconciliamos nosso passado." Outra pausa e Ellen tomou um gole de água. "O segundo foi durante a final do campeonato estadual em 1987. No intervalo, num acesso de raiva, ataquei fisicamente um jogador, nosso *quarterback*. Foi um ato criminoso que devia ter me afastado do futebol para sempre. Arrependo-me dos meus atos. Vendo o time reagir contra enormes dificuldades, nunca senti tanto orgulho nem tanta dor. Aquela vitória foi o melhor momento da minha vida. Por favor, perdoem-me, rapazes."

Neely olhou em volta. Todos estavam de cabeça baixa, muitos com os olhos fechados. Silo enxugava o rosto.

"Chega de negativismo. Mando todo o meu amor para Lila, minhas filhas e meus netos. Logo nos encontraremos no outro lado do rio, na terra prometida. Que Deus esteja com vocês!"

O coro cantou "Just a Closer Walk With Thee", e as lágrimas fluíram.

Neely não pôde deixar de imaginar se Cameron estava controlando suas emoções; suspeitava que sim.

Rake pedira que três dos seus ex-jogadores fizessem os panegíricos. Deviam ser curtos, ele tinha escrito no seu leito de morte. O primeiro foi feito pelo Meritíssimo Mike Hilliard, agora juiz de comarca numa pequena cidade a cento e sessenta quilômetros de Messina. Ao contrário da maioria dos ex-Spartans, usava um terno amarrotado e gravata-borboleta enviesada. Segurou o pódio com as duas mãos e falou de improviso.

– Joguei no primeiro time do treinador Rake, em 1958 – ele começou com voz calma, levemente arrastada. – No ano anterior tínhamos vencido três jogos e perdido sete, o quê, naquele tempo, todos consideravam uma boa temporada porque vencemos Porterville no último jogo. O treinador saiu da cidade e levou seus assistentes com ele e durante algum tempo não tínhamos certeza se encontraríamos alguém para nos treinar. Contrataram um jovem chamado Eddie Rake, pouco mais velho do que nós. A primeira coisa que ele nos disse foi que éramos um bando de perdedores, que perder é contagioso, que se pensávamos que podíamos perder jogando no time dele, então era melhor desistir do futebol. Quarenta e um de nós nos inscrevemos para futebol naquele ano. O treinador Rake nos levou ao campo de uma velha igreja em Page County para os treinos de agosto e depois de quatro dias, o esquadrão estava reduzido a trinta. Depois de uma semana, éramos vinte e cinco e alguns de nós começávamos a nos perguntar se sobreviveríamos em número suficiente para formar um time. Os treinos eram muito mais do que brutais. Os ônibus para Messina saíam todas as tardes e quem quisesse podia ir embora. Depois de duas semanas o ônibus estava vazio e deixou de fazer a viagem. Os garotos que abandonaram o futebol voltaram para casa contando os horrores que estavam acontecendo no "Camp Rake", como o local logo passou a ser chamado. Nossos pais ficaram alarmados. Mais tarde minha mãe me disse que para ela era como se eu tivesse ido para a guerra. Infelizmente, participei de uma guerra. E acho que a prefiro ao "Camp Rake".

– Levantamos acampamento com vinte e um jogadores, vinte e um garotos que nunca tinham estado em tão boa forma. Éramos pequenos e lentos e não tínhamos um *quarterback*, mas fomos convencidos de nossa habilidade. Nosso primeiro jogo foi em casa, contra Fulton, um time que nos tinha dado muito trabalho no ano anterior. Tenho certeza de que alguns de vocês lembram desse jogo. Conseguimos vinte a zero no primeiro tempo e Rake reclamou porque tínhamos cometido alguns erros. Sua estratégia era simples: "prestem atenção aos fundamentos básicos, e trabalhem sem parar até conseguir executá-los perfeitamente". Lições que jamais esqueci. Nós ganhamos o jogo e comemorávamos no vestiário, quando Rake chegou e nos mandou ficar quietos. Evidentemente nosso desempenho não tinha sido perfeito. Ele nos mandou ficar com os uniformes de jogo e depois que os espectadores foram embora voltamos para este campo e treinamos até a meia-noite. Jogamos duas partidas até todos os jogadores conseguirem fazer tudo perfeito. Nossas namoradas nos esperavam. Nossos pais nos esperavam. Era bom ganhar o jogo, mas o povo começava a pensar que o treinador Rake era louco. Os jogadores já sabiam disso.

– Ganhamos oito jogos naquele ano, perdemos só dois e nasceu a lenda de Eddie Rake. No meu último ano perdemos um jogo, depois em 1960 o treinador Rake teve sua primeira temporada invicta. Eu estava na faculdade e não podia ir para casa todas as sextas-feiras, embora quisesse desesperadamente. Quando se joga para Rake entra-se para um pequeno clube exclusivo e você se vê quase obrigado a acompanhar os times que vêm depois. Nos trinta anos seguintes acompanhei os Spartans o mais de perto que pude. Eu estava aqui, sentado lá em cima nas arquibancadas quando a grande Maré de Sorte começou, em 64, e estava em South Wayne quando terminou, em 1970. Com vocês, vi os grandes jogadores: Wally Webb, Roman Armstead, Jesse Trapp, Neely Crenshaw.

– Nas paredes do meu pequeno escritório, tenho as fotos dos trinta e quatro times de Rake. Todos os anos ele me mandava uma foto do time. Muitas vezes, quando devia estar trabalhando, acendo meu cachimbo e olho para os rostos de todos os jovens que Rake tinha treinado. Meninos magros e brancos na década de 1950 com o cabelo cortado à escovinha e sorrisos inocentes. Mais cabeludos nos anos 1960, poucos sorrisos, olhares determinados, quase dá para ver as nuvens ameaçadoras da guerra e dos direitos civis nos rostos deles. Jogadores negros e brancos juntos sorrindo nos anos setenta e oitenta, muito maiores, com uniformes mais sofisticados, alguns eram filhos dos garotos com quem joguei. Sei que cada jogador que olha para mim daquelas fotos foi profundamente influenciado por Eddie Rake. Eles fizeram as mesmas jogadas, ouviram as mesmas falas motivadoras e os mesmos sermões, suportaram os mesmos treinos brutais em agosto. E todos nós, em alguma época, nos convencemos de que realmente odiamos Eddie Rake. Mas então deixamos o colégio, nossas fotos ficam nas paredes, e passamos o resto de nossas vidas ouvindo o som da voz de Rake no vestiário, com saudades dos dias em que o chamávamos de treinador.

– A maioria desses jogadores está aqui hoje. Um pouco mais velhos, mais grisalhos, alguns um pouco mais pesados. Todos se despedindo com tristeza do treinador Rake. E por que nos importamos? Por que estamos aqui? Por que as arquibancadas estão outra vez lotadas? Muito bem, vou dizer por quê:

– Poucos de nós jamais faremos alguma coisa que será reconhecida e lembrada por mais do que um pequeno número de pessoas. Não somos grandes. Podemos ser bons, honestos, justos, trabalhadores, leais, amáveis, generosos e muito decentes, ou podemos ser o contrário de tudo isso. Mas não somos considerados grandes. A grandeza é tão rara que quando nós a vemos não queremos tocá-la. Eddie Rake permitiu a nós, jogadores, e aos torcedores tocar na grandeza, ser parte dela. Por isso estamos aqui.

– Quer vocês amem ou não Eddie Rake, não podem negar sua grandeza. Ele foi o melhor homem que conheci. Minhas lembranças felizes são de vestir a camisa verde e jogar para ele neste campo. Tenho saudade daquele tempo. Ouço sua voz, sinto sua ira, o cheiro do seu suor, vejo seu orgulho. Sempre sentirei saudade do grande Eddie Rake.

Ele parou de falar, fez uma curvatura e se afastou bruscamente do microfone, sob aplausos fracos, quase constrangidos. Assim que ele se sentou, um negro de peito largo com terno cinzento marchou com grande dignidade para o pódio. Sob o paletó ele vestia a camisa verde. Olhou para cima, para as arquibancadas lotadas.

– Boa-tarde – ele disse com uma voz tão vigorosa que nem precisava de microfone. – Sou o reverendo Collis Suggs, da Igreja Bethel de Deus em Cristo, de Messina.

Collis Suggs não precisava de apresentação para quem morava num raio de quarenta quilômetros de Messina. Eddie Rake o escolhera como o primeiro capitão negro, em 1970. Ele jogou por pouco tempo na A&M da Flórida, antes de quebrar uma perna e se tornar ministro religioso. Formou uma grande congregação e se envolveu com a política. Durante anos diziam que se Eddie Rake e Collis Suggs queriam que você fosse eleito, você seria. Se eles não quisessem, o melhor era tirar seu nome da lista de candidatos.

Trinta anos no púlpito tinham levado à perfeição sua capacidade oratória. Sua dicção era perfeita, sua noção do momento oportuno e seu tom de voz eram cativantes. O treinador Rake costumava ficar na última fila da igreja Bethel nas noites de domingo só para ouvir o sermão do seu ex-jogador.

– Eu joguei para o treinador Rake em 69 e 70. – A maioria das pessoas presentes tinha assistido a todos os jogos.

– Em fins de julho de 1969, a Suprema Corte dos Estados Unidos finalmente se cansou de esperar. Quinze anos depois do caso *Brown* versus *Ministério da Educação* e a maioria das escolas do sul ainda estava segregada. A Corte se decidiu por uma ação drástica e isso mudou nossas vidas para sempre. Numa noite quente de verão, jogávamos basquete no ginásio de esportes de Section High, a escola para negros, quando o treinador Thomas entrou e disse: "Garotos, vamos para o Colégio Messina. Vocês vão jogar nos Spartans. Entrem no ônibus". Uns doze de nós entraram no ônibus e o treinador Thomas nos levou para fora da cidade. Estávamos confusos e assustados. Tinham nos dito muitas vezes que as escolas seriam integradas mas os prazos marcados passavam sem que nada acontecesse. Sabíamos que o Colégio Messina tinha o melhor de tudo: belos prédios, ótimos campos, um enorme ginásio de esportes, uma porção de troféus, um time de futebol que, naquela época, havia ganhado uns cinqüenta ou sessenta jogos seguidos. E eles tinham um treinador que pensava que era o maior de todos. Sim, estávamos intimidados, mas sabíamos que precisávamos ser corajosos. Chegamos ao Colégio Messina naquela noite. O time de futebol se exercitava numa sala enorme, com mais halteres do que eu já tinha visto na minha vida. Uns quarenta jovens levantavam peso e suavam ao som da música. Assim que entramos, tudo ficou quieto. Eles olharam para nós. Nós olhamos para eles. Eddie Rake se aproximou, apertou a mão do treinador Thomas e disse: "Bem-vindos ao seu novo colégio". Ele nos fez apertar as mãos de todos, depois sentamos nos tatames para ouvir um pequeno discurso. Disse que não importava a nossa cor. Todos os seus jogadores se vestiam de verde. Seu campo de jogo era perfeitamente nivelado. Trabalho duro era o segredo para ganhar jogos, e ele não acreditava em perder. Lembro-me de sentar naquele tatame de borracha, mesmerizado por aquele homem. Ele imediatamente se tornou meu treinador. Eddie Rake era muitas coisas, mas era o maior motivador que já conheci. Eu queria vestir o uniforme completo e começar a derrubar adversários imediatamente.

– Duas semanas depois, em agosto, começamos a fazer dois treinos por dia e nunca senti tanta dor em toda a minha vida. Rake estava certo. A cor da pele não importava. Ele tratava todos igualmente, como cães.

– Havia grande preocupação com o primeiro dia de aula, com lutas e conflitos raciais. E em muitas escolas isso acontecia. Não aqui. O diretor encarregou o treinador Rake da segurança e tudo correu maravilhosamente. Ele vestiu todos os jogadores com a camisa verde, estas que estamos usando agora, e formou as duplas, cada uma com um negro e um branco. Quando os ônibus entraram no colégio, nós estávamos lá para recebê-los. A primeira coisa que os garotos negros viram no Colégio Messina foi o time de futebol, negros e brancos jogando juntos, todos vestidos de verde. Alguns brigões queriam criar problemas, mas nós os convencemos a desistir.

– A primeira controvérsia foi sobre as líderes da torcida. As meninas brancas tinham treinado juntas durante todo o verão. O treinador Rake procurou o diretor e disse que meio a meio seria ótimo. E foi. Ainda é. Em seguida foi a banda. Não havia dinheiro suficiente para combinar as bandas branca e negra e fazer todo mundo marchar com os uniformes de Messina. Alguns garotos teriam de ser cortados. Parecia que a maior parte deles seria de negros. O treinador Rake foi ao clube dos torcedores e disse que precisava de vinte mil dólares para os novos uniformes da banda. Disse que Messina teria a maior banda do estado e ainda hoje a temos.

– Houve muita resistência à integração. Muitos brancos achavam que seria temporária. Quando as novas quadras ficassem prontas, tudo voltaria ao sistema de separação, embora todos fossem iguais. Posso garantir a vocês que separação entre iguais não faz sentido. Houve muita especulação do nosso lado da cidade sobre se os treinadores brancos deixariam os negros jogarem. E havia muita pressão do lado branco da cidade para que só os brancos pudessem jogar. Depois de três semanas de treino com Eddie Rake, ficamos sabendo a verdade. Nosso primeiro jogo naquele ano foi contra North Delta. O time deles entrou em campo só com jogadores brancos. Cerca de quinze negros estavam no banco. Eu conhecia alguns deles, sabia que jogavam bem. Rake pôs seus melhores jogadores em campo e logo vimos que North Delta não tinha feito o mesmo. Foi uma carnificina. No primeiro intervalo ganhávamos de quarenta e um a zero. Quando começou o segundo tempo, os garotos negros do North Delta saíram do banco e tenho de admitir, relaxamos um pouco. O problema era que ninguém relaxava com Eddie Rake. Se apanhava um jogador descuidado em campo, Rake o fazia ficar na lateral ao lado dele.

– Correu o boato de que Messina estava lançando seus garotos negros e logo o assunto era discutido em todo o estado.

– Eddie Rake foi o primeiro homem branco a gritar comigo e me fazer gostar dos gritos. Quando percebi que ele na verdade não se importava com a cor da minha pele, tive certeza de que eu o seguiria para qualquer lugar. Ele odiava a injustiça. Como ele não era daqui, tinha uma perspectiva diferente. Ninguém tinha o direito de maltratar uma pessoa, se o treinador Rake visse algum sinal de que isso estava acontecendo, então haveria briga. Com todo o seu rigor, ele era extremamente sensível ao sofrimento dos outros. Depois que me tornei ministro religioso, o treinador Rake ia à nossa igreja e ajudava na nossa campanha das mãos estendidas, abrindo sua casa para as crianças abandonadas e maltratadas. Jamais ganhou muito como treinador, mas era generoso quando alguém precisava de comida, roupas ou até mesmo estudo. Ele treinou times jovens naquele verão. É claro que, conhecendo Rake, ele procurava também os garotos que correriam muito. Organizava competições de pesca para os garotos sem pais. Tipicamente, nunca procurou reconhecimento para esses atos.

O reverendo fez uma pausa e tomou um gole d'água. O povo observava cada movimento dele e esperava.

– Depois que demitiram o treinador Rake, passei algum tempo com ele. Rake estava convencido de que fora tratado injustamente. Porém, com o passar dos anos acho que aceitou seu destino. Eu sei que ele lamentava a morte de Scotty Reardon. E estou feliz por ele ter sido enterrado hoje de manhã ao lado de Scotty. Talvez agora esta cidade possa esquecer essa inimizade. É irônico que o homem que nos pôs no mapa, o homem que fez tanto para agregar as pessoas, seja também o homem pelo qual Messina está dividida há mais de dez anos. Vamos todos esquecer as mágoas, depor nossas armas e selarmos a paz sobre Eddie Rake. Somos todos um em Cristo. E nesta pequena cidade maravilhosa, somos um em Eddie Rake. Deus abençoe o nosso treinador. Deus abençoe a todos.

O quarteto de cordas tocou uma balada triste durante dez minutos.

Era típico de Rake ter a última palavra. Era típico de Rake manipular seus jogadores pela última vez.

Neely certamente não podia dizer nada contra seu treinador, não naquele momento. Do túmulo, Rake pedira desculpas. Agora ele queria que Neely ficasse de pé na frente da cidade, aceitasse o pedido de desculpas e acrescentasse algumas palavras.

Sua primeira reação, quando recebeu o bilhete de Lila dizendo que ele devia dizer algumas palavras, foi praguejar e se perguntar: "Por que eu?" De todos os jogadores treinados por Rake, havia dezenas muito mais próximos dele do que Neely. Paul suspeitava que era um modo de Rake fazer as pazes com Neely e com o time de 87.

Fosse qual fosse o motivo, não havia nenhum modo de se recusar a fazer um panegírico. Paul disse que isso simplesmente não era possível. Neely disse que nunca tinha feito isso, nunca tinha falado na frente de um grupo grande, ou mesmo pequeno, de pessoas e que além disso estava pensando em fugir no meio da noite para evitar tudo aquilo.

Andando devagar entre os jogadores, sentia os pés pesados, o joelho esquerdo doía mais do que nunca. Sem mancar, ele subiu na pequena plataforma e foi até o pódio. Contemplou a multidão, todos olhando para ele lá de cima e quase desmaiou. Entre as linhas de vinte jardas – sessenta jardas no total – e as quintas filas do lado dos Spartans, o Rake Field era uma parede de rostos admirando um velho herói.

Sem se esforçar para dominá-lo, Neely sucumbiu completamente ao medo. Durante toda a manhã sentira-se nervoso e temeroso, agora estava apavorado. Lentamente desdobrou o papel e tentou ler o que tinha escrito e reescrito muitas vezes. "Ignore o povo", disse para si mesmo. "Você não pode se embaraçar. Essas pessoas lembram de um grande *quarterback*, não de um covarde com voz trêmula."

– Sou Neely Crenshaw – ele conseguiu dizer com voz mais ou menos firme. Encontrou um ponto da cerca de metal ao longo da pista, bem na sua frente, acima das cabeças dos jogadores e abaixo da primeira fileira de arquibancadas. Dirigiria a palavra àquela parte da cerca, ignorando todo o resto. Ouvindo a própria voz nos alto-falantes, ficou um pouco mais calmo. – E joguei para o treinador Rake de 84 a 87.

Consultou as notas outra vez e lembrou de uma palestra de Rake. O medo é inevitável, e nem sempre é uma coisa ruim. Domine seu medo e tire vantagem dele. É claro que para Rake isso significava correr do vestiário para o campo e tentar aleijar o primeiro jogador adversário que encontrasse. Não era, claro, um bom conselho, quando o que se precisa é de palavras eloqüentes.

Olhando para a cerca outra vez, Neely deu de ombros, tentou sorrir e disse:

– Escutem, não sou juiz, não sou um ministro religioso e não estou acostumado a falar em público. Por favor, sejam pacientes comigo.

A multidão que o adorava lhe permitiria qualquer coisa.

Olhando para as notas, começou a ler.

– A última vez que vi o treinador Rake foi em 1989. Eu estava no hospital, poucos dias depois da cirurgia e ele entrou de mansinho no meu quarto, tarde da noite. Uma enfermeira apareceu e disse que ele devia ir embora. O horário de visitas já tinha terminado. Ele explicou claramente que iria embora quando tivesse acabado de falar, e nem um minuto antes. Ela saiu furiosa.

Neely olhou para cima, para os jogadores. Muitos sorrisos. Sua voz estava sólida, sem nenhum tremor. Ele estava sobrevivendo.

– Desde o jogo do campeonato em 87 que eu não falava com o treinador Rake. Agora acho que todos sabem por quê. O que aconteceu então foi um segredo que nós todos enterramos. Não esquecemos, porque seria impossível. Então, apenas guardamos conosco. Naquela noite, no hospital, ergui os olhos e lá estava o treinador Rake ao lado da minha cama, esperando para falar. Depois de um momento embaraçoso, começamos a conversar e a contar as novidades. Ele puxou uma cadeira para perto da cama e conversamos por um longo tempo. Falamos como nunca havíamos falado antes. Jogos antigos, velhos jogadores, uma porção de lembranças do futebol de Messina. Rimos bastante. Ele quis saber como ia meu joelho. Quando eu disse que os médicos tinham quase certeza de que eu nunca mais poderia jogar, seus olhos se encheram de lágrimas e ele não conseguiu falar por muito tempo. De repente uma carreira promissora estava acabada e ele perguntou o que eu pretendia fazer. Eu tinha dezenove anos e nenhuma idéia. Rake me fez prometer que terminaria a faculdade, promessa que não cumpri. Finalmente, ele começou a falar sobre o jogo daquele campeonato e pediu desculpas pelo que tinha feito. Fez-me prometer que eu o perdoaria, outra promessa que não cumpri. Até agora.

Num determinado momento, sem perceber, os olhos de Neely desviaram-se das suas notas e da cerca de metal. Olhou para a multidão.

– Quando consegui andar outra vez, descobri que ir à faculdade exigia muito esforço. Eu ia às aulas para jogar futebol e quando isso acabou de repente, perdi o interesse nos estudos. Depois de uns dois semestres, tranquei a matrícula e vagueei por alguns anos, tentando esquecer Messina, Eddie Rake e todos os sonhos interrompidos. Futebol era um palavrão para mim. Permiti que a amargura crescesse e estava decidido a nunca mais voltar. Com o tempo, tentei esquecer Eddie Rake da melhor forma possível.

– Alguns meses atrás fiquei sabendo que ele estava muito mal e que provavelmente não sobreviveria. Catorze anos tinham passado desde que pela última vez pisei neste campo, na noite em que o treinador Rake excluiu meu número. Como todos os ex-jogadores presentes, senti a urgência irresistível de voltar. Voltar para este campo onde no passado fomos donos do mundo. Independente do que sentia pelo treinador Rake, eu sabia que tinha de estar aqui quando ele morresse. Eu precisava dizer adeus. E tinha de finalmente e sinceramente aceitar seu pedido de desculpas. Eu devia ter feito isso antes.

As últimas palavras foram ditas com voz tensa. Ele segurou o lado do pódio e olhou para Paul e Silo. Os dois balançaram a cabeça afirmativamente, dizendo: "Continue."

– Quando se joga para Eddie Rake, o levamos conosco para sempre. Ouvimos sua voz, vemos seu rosto, desejamos seu sorriso de aprovação, lembramos as cobranças e as preleções. Queremos que Rake saiba de cada sucesso que temos na vida. Queremos dizer "Ei, treinador, veja o que eu fiz". E queremos agradecer por nos ensinar que o sucesso não é um acidente. E em cada fracasso, queremos pedir desculpas, porque ele não nos ensinou a fracassar. Ele se recusava a aceitar o fracasso. Queremos seu conselho de como superar isso.

– Às vezes nos cansamos de levar o treinador Rake sempre conosco. Queremos poder errar sem ouvir sua voz zangada. Queremos escorregar ou talvez tomar um atalho sem ouvir seu apito. Então a voz nos manda levantar de novo, determinar um objetivo, trabalhar com mais afinco do que todo mundo, partir dos fundamentos básicos, executar com perfeição, ter confiança, ser corajoso e nunca, nunca desistir. E essa voz nunca está muito longe.

– Hoje sairemos daqui sem a presença física do nosso treinador. Mas seu espírito estará nos corações, nas mentes e nas almas de todos os jovens tocados por ele e dos garotos que se fizeram homens sob a orientação de Eddie Rake. Acredito que seu espírito nos conduzirá, nos motivará e nos confortará pelo resto de nossas vidas. Quinze anos depois, penso no treinador Rake mais do que nunca.

– Mais de mil vezes perguntei a mim mesmo e sei que todos os jogadores fizeram essa pergunta: "Eu amo ou odeio Eddie Rake?"

A voz começou a ficar embargada e a fraquejar. Neely fechou os olhos, mordeu a língua e tentou juntar forças para terminar. Então, enxugou o rosto e falou devagar:

– Respondo a essa pergunta de modo diferente a cada dia, desde a primeira vez em que ele apitou e gritou comigo. Não era fácil amar o treinador Rake e, enquanto ainda jogávamos, na verdade não gostávamos dele. Mas depois que o deixamos, depois de nos aventurar longe deste lugar, depois de passar por várias dificuldades, de enfrentar algumas adversidades, alguns fracassos, depois de ter sido abatidos algumas vezes pela vida, compreendemos o quanto o treinador Rake foi importante. Ouvimos sempre sua voz, incitando-nos a lutar, a fazer melhor e a nunca desistir. Sentimos falta dessa voz. Uma vez longe do treinador Rake, sentimos muita falta dele.

Ele começou a ficar tenso. "Trate de sentar ou vai ficar embaraçado." Olhou para Silo, que fechou o punho como quem diz, "Acabe com isso depressa".

– Amei cinco pessoas em toda a minha vida – ele disse, erguendo os olhos corajosamente para a multidão. Sua voz estava enfraquecida, por isso ele cerrou os dentes e continuou: – Meus pais, uma certa jovem que está aqui hoje, minha ex-mulher e Eddie Rake.

Fez uma pausa longa e difícil e disse:

– Agora vou me sentar.

Quando o padre McCabe terminou a bênção e dispensou a multidão, houve pouco movimento. A cidade não estava pronta para se despedir do seu treinador. Quando os jogadores se levantaram e formaram um grupo em volta de Lila e da família, a cidade observou das arquibancadas.

O coro cantou um *spiritual* suave e umas poucas pessoas começaram a andar para o portão do campo.

Todos os jogadores queriam dizer alguma coisa para Jesse Trapp, como se falar com ele adiasse sua volta inevitável para a prisão. Depois de uma hora, Rabbit ligou o cortador de grama e começou a aparar a extremidade sul. Afinal de contas, ia haver um jogo. O pontapé inicial contra Hermantown seria dentro de cinco horas. Quando

Lila e sua família começaram a sair da tenda, os jogadores a seguiram vagarosamente. A tenda foi desarmada rapidamente, a lona e as cadeiras retiradas. Os bancos dos Spartans foram arrumados em linha reta. A equipe da pintura do campo, um grupo de torcedores experientes, começou a trabalhar apressadamente, já atrasada. Eles adoravam Rake, mas o campo tinha de ser marcado e o escudo do meio de campo retocado. As líderes de torcida chegaram e começaram a pregar furiosamente as flâmulas pintadas a mão na cerca que circundava o campo. Experimentaram a máquina de fazer névoa para reforçar a entrada dramática em campo. Prenderam centenas de bolas de gás em volta das traves do gol. Rake era só uma lenda para elas. Naquele momento, tinham de pensar em coisas mais importantes.

A banda à distância, num dos campos de treinamento, afinava os instrumentos, treinava manobras.

O futebol estava no ar. A noite de sexta-feira se aproximava.

No portão do campo, os jogadores trocavam apertos de mão e abraços e prometiam se reunir com maior freqüência. Alguns tiraram retratos instantâneos do que restava dos jogadores de times antigos. Mais abraços, mais promessas, mais olhares longos e tristonhos para o campo onde um dia tinham jogado para o treinador Rake.

Finalmente foram embora.

O time de 87 se reuniu na casa de campo de Silo, a alguns minutos da cidade. Era um antigo pavilhão de caça, no meio da floresta, às margens de um pequeno lago. Silo tinha gastado algum dinheiro naquela propriedade, havia uma piscina, três platôs em níveis diferentes para descanso e um novo píer que se estendia por quinze metros água adentro e terminava numa pequena casa de barcos. Dois dos seus empregados, sem dúvida mestres em roubo de carro, grelhavam carne num local mais baixo. Nat Sawyer levou uma caixa de charutos contrabandeados. Dois barris de cerveja estavam gelando.

Eles foram para a casa de barcos onde Silo, Neely e Paul, sentados em espreguiçadeiras, trocavam insultos, contavam piadas, falavam de tudo menos futebol. Os barris de cerveja foram atacados com entusiasmo. As piadas ficaram mais ousadas e o riso muito mais alto. O churrasco foi servido mais ou menos às seis horas.

O plano inicial era assistir ao jogo dos Spartans naquela noite, mas ninguém falou em sair da casa de Silo. Quando o jogo começou, muitos deles estavam incapazes de dirigir. Silo estava bêbado e a caminho de uma estrondosa ressaca.

Neely tomou uma cerveja, depois passou para os refrigerantes. Estava cansado de Messina e das lembranças. Sentia que era hora de deixar a cidade e voltar ao mundo real. Quando começou a se despedir, todos lhe pediram para ficar. Silo o abraçou quase chorando. Neely prometeu voltar àquela casa de campo dentro de um ano, para comemorar o primeiro aniversário da morte de Rake.

Ele levou Paul para casa e o deixou na frente da porta.

– Pretende mesmo voltar daqui a um ano? – Paul perguntou.

– Claro. Estarei aqui.

– É uma promessa?

– É.

– Você não cumpre promessas.

– Vou cumprir essa.

Passou pela casa dos Lane e não viu o carro alugado. Provavelmente Cameron já estava em casa, a um milhão de quilômetros de Messina. Ela pensaria nele uma ou duas vezes nos próximos dias, mas o pensamento não ia durar muito.

Passou pela casa onde tinha morado por dez anos, passou pelo parque onde jogava beisebol e futebol quando era pequeno. As ruas estavam vazias. Todos estavam no Rake Field.

No cemitério, esperou no escuro que outro ex-jogador dos Spartans, de meia-idade, terminasse sua meditação. Quando o homem finalmente se levantou e foi embora, Neely se adiantou no silêncio da noite. Agachou-se perto do túmulo de Scotty Reardon e tocou a terra fresca do túmulo de Rake. Fez uma prece, derramou uma lágrima e passou um longo momento se despedindo.

Seguiu de carro pela praça vazia, depois pelas ruas secundárias até encontrar a estrada de cascalho. Estacionou em Karr's Hill e durante alguns minutos sentou no capô vendo e ouvindo o jogo distante. Mais tarde, no terceiro quarto, ele resolveu ir embora.

As recordações do passado finalmente se foram, junto com Rake. Neely estava cansado de lembranças e de sonhos desfeitos. "Desista", ele pensou. "Você nunca mais será o herói. Aqueles dias acabaram".

Afastando-se de Karr's Hill, Neely prometeu voltar mais vezes. Messina era a única cidade natal que tinha. Os melhores anos da sua vida foram ali. Voltaria para assistir a um jogo dos Spartans numa noite de sexta-feira; sentaria com Paul, Mona e todos os filhos deles, se reuniria com Silo e Hubcap, comeria no Renfrow, tomaria café com Nat Sawyer.

E quando o nome de Eddie Rake fosse mencionado, Neely, com um sorriso, talvez até uma risada, contaria uma história. Uma história com final feliz.

Este livro foi impresso na Editora JPA Ltda.,
Av. Brasil, 10.600 – Rio de Janeiro – RJ,
para a Editora Rocco Ltda.